HORIZON MOINS VINGT

LAURENT TIXADOR
ABRAHAM POINCHEVAL

HORIZON MOINS VINGT

précédé de
IN UTERO TERRÆ
de PAUL ARDENNE

isthme éditions

Cet ouvrage a été publié grâce à la participation
de la Galerie Commune (École régionale supérieure
d'expression plastique de Tourcoing, Département
arts plastiques de l'Université de Lille 3),
des « Résidences de l'Art en Dordogne » / ADDC,
et de la galerie In Situ, Paris

La Galerie Commune est soutenue par la Ville de Tourcoing,
le Conseil régional Nord-Pas de Calais, le ministère de la Culture /
DRAC Nord-Pas-de-Calais et l'Université Charles-de-Gaulle, Lille 3

Le programme des « Résidences de l'Art en Dordogne » est réalisé
grâce au partenariat du ministère de la Culture / DRAC Aquitaine,
du Conseil général de Dordogne, du Conseil régional d'Aquitaine
et du Centre culturel de Terrasson ; il est coordonné par l'ADDC
Arts plastiques (residencesartdordogne@perigord.tm.fr)

Réalisation : Michel Baverey
© octobre 2006, éditions sept, isthme éditions
ISBN : 2 912688 78 7
Dépôt légal : octobre 2006

isthme éditions
49, rue de Turenne – 75003 Paris
www.isthme-edtions.com

SOMMAIRE

7   Paul Ardenne,
In Utero Terræ

33   Paul Ardenne,
In Utero Terræ, English translation

59   Laurent Tixador et Abraham Poincheval,
Horizon moins vingt

62   Étayage
63   Encombrement des étais de réserve
65   Pompes
66   Transport de la terre
66   Rationnement, conditionnement
et transport des provisions
89   Dormir
89   Commodités
89   Gardiennage en surface
89   Structures en surface
90   Sauvetage
90   Interview de Francis Croizet,
Le sauvetage de Coyotte et Gysmo
100   Volume de la grotte
101   Profondeur
101   Front de taille et progression
102   Équipement à emporter
111   Journal de Pierrette

PAUL ARDENNE
IN UTERO TERRÆ
English translation by Chris Sharp

« À la question de savoir si nous nous sentons proches des artistes du Land Art parce que nos travaux répondent aux deux critères qui le définissent généralement : être en milieu naturel et intervenir sur l'espace, nous répondons immédiatement : non (...). Notre atelier se situe dans la nature mais ce que nous souhaitons, c'est tout simplement nous transposer dans des situations aventureuses [1]. »

Cette précision a valeur d'avertissement. Avant tout, les créations en milieu naturel d'Abraham Poincheval et de Laurent Tixador valent en tant qu'« aventures », à titre de péripéties engageant un principe d'expérience singulière. L'« aventure », c'est de nouveau le trait le plus saillant du dernier projet en date de ces deux artistes hors norme, *Horizon moins vingt*. Cette expédition pour le moins insolite est ainsi fagotée : il s'agit d'y creuser dans la terre, en ligne droite, vingt jours durant, un tunnel que Poincheval et Tixador, à la manière d'un couple de taupes, reboucheront derrière eux au fur et à mesure de leur avancée, avant réapparition à la surface.

L'objet des lignes qui suivent est triple. Présenter *Horizon moins vingt* puis, dans un souci généalogique, replacer cette création dans la lignée générale des travaux artistiques que caractérise soit un principe de terrassement, soit un jeu avec les profondeurs terrestres, soit une fascination pour ces dernières. De telles œuvres ne sont pas rares. Certaines appartiennent au répertoire de la performance et mettent en avant l'action de creuser. D'autres relèvent d'un jeu avec la matière minérale, qu'on y déplace. D'autres encore confessent un intérêt pour les trous, les creux, l'excavation, l'espace « autre » du dessous. Troisième objet de ce texte, enfin : on y interrogera en quoi *Horizon moins vingt* s'agrège à la thématique du souterrain ou du terrier, si chère à la symbolique humaine.

Voyage juste sous la surface de la Terre
« Si le déplacement sous terre n'est pas quelque chose d'insurmontable (beaucoup de spéléologues et d'évadés y ont survécu), il en va autrement si on choisit de creuser son tunnel en le rebouchant derrière soi », précisent d'emblée les artistes à propos d'*Horizon moins vingt*, un projet initié en 2005. Qu'on en juge : « L'espace souterrain dans lequel nous prévoyons de nous déplacer, continuent-ils, n'est ni plus large ni plus haut qu'un boyau ordinaire, mais la terre y sera enlevée à l'avant puis déposée à l'arrière pour nous faire avancer et combler notre passage. Ainsi démunis d'accès vers l'extérieur, nous serons claustrés dans une sorte de grotte sans amarres ou encore de *mobile home* troglodyte. Le voyage est

prévu pour une durée de vingt jours au rythme de progression d'un mètre quotidien. La galerie devra être creusée, dans un premier temps, au départ d'une tranchée, jusqu'à ce que l'espace soit suffisamment long pour être fermé [2]. »

De prime abord, *Horizon moins vingt* a tout de l'acte sans justification. Le cheminement sous terre s'y fait à peine en profondeur. Pas de creusement significatif de la croûte terrestre : les artistes évoluent à 1,50 m environ sous la surface du sol. Ce cheminement n'est pas plus un « itinéraire » : on change à peine de place. Et pas plus une entreprise pertinente : vingt jours pour parcourir vingt mètres, voilà qui est absurde, sauf à se mettre en demeure de battre un record de lenteur. Alors, pure élucubration ? Pas si vite. En dépit de sa bizarrerie, *Horizon moins vingt* peut à bon droit se prévaloir de justifications, qui plus est non forcément oiseuses. Celle, d'abord, de l'expédition, que le dictionnaire définit comme un « voyage d'exploration ». « Comme il n'y a jamais eu de tentative similaire, on ne peut pas profiter du récit d'une exploration antérieure et la préparation doit être rigoureuse. Soyons rationnels car rien ne pourra être laissé au hasard et il ne sera possible de compter sur aucun ravitaillement extérieur [3] », relèvent les artistes. Autre justification : celle de l'épreuve personnelle. *Horizon moins vingt*, à l'instar de précédentes entreprises de Poincheval et de Tixador, équivaut pour les artistes à une confrontation nouvelle, leur propre vie aux prises avec l'environnement souterrain. Épreuve personnelle ? La claustration n'est pas naturelle à l'homme, dont le corps réclame autour de lui un espace libre, pas plus que ne le sont l'auto-réclusion et l'isolement radical, relèveraient-ils d'une décision mystique, comme l'enseignent certaines pratiques monacales extrêmes. *Horizon moins vingt* n'a rien de la partie de plaisir. Il va s'agir de creuser sans répit mais aussi de ne rien laisser au hasard, vingt jours durant : déblayer certes, mais encore s'alimenter, trouver sa place — forcément comptée — dans un espace exigu, endurer l'enfermement et un environnement lumineux réduit à l'éclairage des seules lampes frontales dont sont équipés pour l'occasion les deux artistes.

La troisième justification d'*Horizon moins vingt*, le dépassement de soi, se déduit du critère de l'épreuve. Cette justification-là n'est pas étrangère à l'art et au principe de sublimation qui le régit. Il est d'usage de vanter l'énergie des artistes, leur pulsion héroïque à aller au-delà de leurs propres limites. La notion de dépassement de soi n'est en rien contredite par *Horizon moins vingt*, un tel projet artistique manquerait-il *a priori* du quotient de transcendance dans le dépassement censé dire l'humanité supérieure de l'homme (Michel-Ange travaillant comme un damné à la décoration de la Chapelle Sixtine, Jackson Pollock dansant en transe à l'aplomb de ses toiles, …). *Horizon moins vingt*, grincera-t-on, ne valorise-t-il pas d'abord l'homme-taupe, l'homme au geste répétitif, le producteur borné ? Soit. Mais on ne saurait nier qu'il invoque de concert les figures autrement glorieuses du *résistant* et de l'*organisateur*. Le résistant, parce que la réalisation du programme, somme toute, n'est pas à la portée du premier venu, et parce qu'une telle entreprise, où se teste la capacité du *bios* en situation extrême, a forcément rapport avec la vie « limite ». L'organisateur, parce que rien n'a été laissé au hasard, parce que la préparation de l'opération s'est étalée sur des mois, parce que les artistes, dans le but de mener à bien leur projet, n'ont pas manqué de solliciter de nombreux spécialistes du monde souterrain. Maurice Fréchuret, en une formule heureuse et synthétique : « À la limite de plusieurs disciplines, l'œuvre de Tixador et de Poincheval s'inscrit délibérément dans le courant performatif. Mais dans la perspective historique du rapprochement de l'art et de la vie qui marque toute l'époque contemporaine : ils font ici une proposition qui confère à cette dernière sa dimension pleinement physique et biologique[4]. »

Parenthèse : l'artiste comme corps expéditionnaire
Le critique d'art Jean-Max Colard, pertinemment, en fait la remarque : « Aujourd'hui au cœur de plusieurs travaux d'artistes contemporains, l'expédition est en passe de redevenir une pratique artistique. Voire une modalité nouvelle de l'exposition. » Il ajoute : « Sans rien d'un mouvement artistique constitué, ces expéditions collectives ou solitaires constituent une mouvance éparse : car derrière cette volonté de "hit the road" se jouent en réalité des démarches profondément individualisées, et des visages extrêmement singuliers de l'Ailleurs[5]. »

À l'échelle plurimillénaire de l'histoire de l'art, l'expédition, ce vecteur clé des périodes de conquêtes, n'est que depuis peu de temps une pratique artistique. On en repère les premières manifestations au tout début du XXe siècle, avec dadaïstes et surréalistes : pour les premiers, l'expédition, sous forme d'une parade de rue, dans les quartiers ouvriers de Berlin ; pour les seconds, la visite groupée de l'église Saint-Julien-le-Pauvre à Paris. Le Land Art, à partir des années 1960, vulgarise la pratique de l'expédition « artistique » : voyages « esthétiques » de Robert Smithson dans le Yucatan ou à Passaic, marches doublées de créations paysagères de Jean Clareboudt, Richard Long, Hamish Fulton ou François Méchain. Certains excentriques du monde de l'art, souvent trop audacieux, iront jusqu'à y jouer leur vie, comme ce fut le cas de Bas Van Ader, connu pour s'être lancé avec une barque dans une fatale tentative de traversée de l'Atlantique... Les années 2000 voient l'expédition « artistique » se systématiser. Des artistes aussi différents qu'Aleksandra Mir, Nicolas Moulin, Multiplicity, Attitudes d'artistes, Stalker, Laurent Malone, Pierre Huyghe, Sandy Amério, Olivier Leroi... en usent pour réaliser autant de créations en décalé, moins en quête d'un ailleurs mythique ou d'un exotisme facile et déracinant que d'une mise en forme inusitée de la réalité. Leroi, ainsi, part sur les hauts plateaux de la Sierra Madre mexicaine à la quête du Zorro blanc, grande légende locale : faute de l'y trouver, il le recrée de toutes pièces en s'aidant d'un acteur avec les habitants de cette zone géographique reculée. Laurent Malone, à Marseille ou à Hong Kong, opère dans les interstices urbains : il en inventorie le contenu — objets perdus, débris, déchets, végétaux... — comme un géographe le ferait d'un périmètre lointain, en authentique explorateur, etc. Le principe sous-jacent à l'expédition « artistique » réside dans la loi de l'*augmentation*. L'art, production spécifique que rien au fond n'exige, ni le principe de survie, ni la vie quotidienne, ne peut que générer une réalité « augmentée ». Il la génère d'autant mieux, on le pressent, s'il a soin d'abandonner ses cadres traditionnels, de la pratique au lieu même où s'exerce cette pratique.

Entre nomadisme, légèreté et savoir

Abraham Poincheval et Laurent Tixador n'ont pas par hasard choisi de se faire artistes « expéditionnistes ». L'option prise, pour la circonstance, est celle de l'acte d'art hors catégorie. Le confirmera au besoin cette déclaration, faite dans le cadre de leur création *L'Inconnu des grands horizons* tandis qu'ils décident de traverser, à l'automne 2002, la France à pied et en ligne droite, juste armés pour se diriger d'une boussole, de Nantes à Caen puis Metz, but final de leur voyage où ouvre une exposition qui leur est consacrée : « On ne savait pas ce qu'on allait voir mais on importait dans le champ de l'art une autre réalité (...). Pour nous, l'aventure, c'est de quitter le milieu de l'art contemporain. On va le plus loin possible de la galerie, hors des lois du marché et du milieu de l'art, et, en même temps, on ne s'est jamais aventuré très loin, il s'agit juste de faire un pas de côté[6]. »

L'expédition « artistique » a cette première qualité : la possibilité du dégagement. Abandonner genres et médiums traditionnels de l'art prodigue cet avantage, éviter la répétition — celle des gestes, celle des formes. Le dégagement suggère de surcroît la possibilité d'une réinvention de l'art, réinvention permise par la remise en jeu de sa pratique. En septembre 2001, les deux artistes décident d'occuper illégalement, une semaine durant, la partie de l'île du Frioul classée en réserve naturelle, au large de Marseille, et d'y vivre de manière paléolithique, en pêcheurs-cueilleurs (*Total Symbiose*). L'expérience est plutôt délicate, qui oblige les artistes presque nus, leur étui pénien entre les jambes, à se nourrir de moules et de figues de barbarie sept jours durant. Précision nécessaire : si ces derniers trouvent pour l'occasion à *découvrir*, leur entreprise ne saurait cependant être confondue avec ces expérimentations scientifiques ou parascientifiques — celle d'un Bombard, celle du Kon-Tiki, de Biosphère 1 et 2... — d'enjeu réellement cognitif. Leur prévisible inadaptation au site ou aux conditions de vie éprouvées aura ainsi pour fréquent résultat « un côté loufoque, comme quand nous avons essayé de chasser des mouettes : le propulseur que j'avais fabriqué marchait bien, reconnaît Laurent Tixador (...), mais il était fait pour les mammouths plus que pour les oiseaux, et je ne l'ai compris que là-bas[7]. » S'il s'agit donc bien de faire de l'art en « apprenant » le monde — plutôt qu'en le représentant —, point question en revanche de se prendre trop au sérieux. La meilleure preuve de cette mise à distance du sérieux intégral ?

En guise de thème des peintures rupestres qu'ils vont laisser sur le calcaire sauvage de l'île en témoignage de leur passage, les deux artistes choisissent les logos M & M's et Quick. Du très « contemporain », une citation qui vient remettre les pendules à l'heure.

« On ne savait pas faire ? On l'a fait, écrit Jean-Marc Huitorel à propos des entreprises de Poincheval et Tixador, on invente ou on réinvente des gestes, des techniques, des méthodes, des efforts, des souffrances, des terreurs aussi [8]. » La nouveauté, donc, mais pas galvaudée. La nouveauté véritable, et la seule qui importe : ce qui est neuf de mon point de vue d'artiste, ce que je n'ai pas encore expérimenté. « C'est un truc que je n'ai jamais fait, donc j'ai envie de le faire [9] », répond un jour Laurent Tixador à une journaliste qui l'interroge sur le pourquoi de ses expéditions. Non pas pour être le premier dans le but d'être le premier, comme le veut la culture de l'acte pionnier. La nouveauté pour soi-même et comme vecteur de connaissance, plutôt. À propos des expéditions d'Abraham Poincheval et Laurent Tixador, il n'est jamais aberrant d'en inférer par le « nomadisme pédagogique » cher à Jean-Jacques Rousseau [10]. On bouge, certes, mais pas uniquement pour se mouvoir. Peu importe dans cette partie que le coup à jouer puisse prendre des airs de coup douteux. En 2005, ainsi, les deux artistes relient en Zodiac et à la rame Saint-Nazaire à la bourgade de Fiac, sur la Garonne, un trajet à contre-courant qui les oblige à tirer à maintes reprises leurs embarcations le long des berges et à travers champs. Difficile de justifier autant d'efforts à proprement parler inutiles. Il en va là pourtant, insiste Huitorel, d'« une expérience du monde, dans le monde et en léger décalage, dans ce déport qui est la marque et la garantie même de l'art [11]. » Expérience du monde que les deux artistes, au demeurant, ont soin de faire partager, tout en s'enrichissant en retour de l'expérience d'autrui. C'est là le sens des trophées sous forme de « bouteilles commémoratives » qu'ils confectionnent puis exposent une fois achevée telle ou telle expédition : ils y insèrent modèles réduits et autres objets trouvés en route évoquant chaque fois une de leurs expéditions. C'est le sens, encore, du *Club des aventuriers* qu'animent de façon régulière Abraham Poincheval et Laurent Tixador, des réunions auxquelles ceux-ci convient autour d'un verre de whisky des personnalités d'origines diverses et où l'on parle voyages sur le modèle des salons de géographes de jadis. La continuation de l'expédition vécue au présent par d'autres moyens.

Désosser le concept d'aventure

Le penchant de Poincheval et Tixador pour les aventures décalées dont participe *Horizon moins vingt* peut être analysé de multiples manières. Quels sont ou quels seraient les mobiles des artistes ? Premier mobile : il s'agit de revivre pour soi des expériences à présent déclassées, que la vie moderne a rendues absurdes ou qui y sont devenues l'objet de ridicules compétitions de type jeu télévisé (*Koh Lanta*, *Fear Factor*...), vouées, ces dernières, au divertissement de masse et à un spectacle voyeuriste. En se réappropriant un libre droit à l'aventure sous toutes ses formes, y compris les plus incongrues, Poincheval et Tixador agissent en authentiques artistes. Ils appréhendent le réel comme un possible illimité, comme un terrain privilégié d'expériences radicales. Simple rappel, au demeurant toujours opportun : l'art est une mise en forme élective du réel. Il peut en offrir à l'occasion l'une des approches les plus inattendues qui soit, à rebours de la vie programmée.

Second mobile : esthétiser le concept même d'aventure de façon critique. Pour « aventuriers » qu'ils soient, Poincheval et Tixador ne recourent pas — ou, s'ils le font, pas assez sérieusement — aux arguments ou référents ordinaires en la matière, tels qu'exotisme, héroïsme, quête de l'exploit superlatif à consigner dans le *Guinness Book des records* ou encore acte inaugural (sauf dans ce dernier cas, l'acte inaugural, pour en montrer le caractère bassement publicitaire : Tixador réalise l'opération *Le premier artiste au Pôle Nord* comme on le ferait du « premier boucher... », du « premier mongolien... » ou de la « première Miss Monde »). L'aventure, dorénavant, est un concept galvaudé, et l'aventurier, sauf s'il est un conquérant de l'espace, qui réserve encore de belles ouvertures, tout au plus un mythe de bandes dessinées. Non que le contact avec le monde sous ses multiples aspects interdise toute opportunité d'aventure. L'aventure, au vrai, peut être partout, à commencer dans l'examen insondable et torturant de notre condition humaine. Pas de quoi cependant en faire une histoire : cette aventure-là, comme les autres, est la plus partagée qui soit, elle ne mérite ni citation particulière ni lauriers.

De l'aventure, Poincheval et Tixador ne gardent en fait que la dimension fantasmatique, si chère à l'Occidental, ce monstre d'appétit de domination et de frustration, mais exploitée à contresens. Il est sans conteste aventureux de traverser la France à pied et en ligne droite. De même, de survivre une semaine sur une île avec les moyens du lieu. Mais à quoi bon *aujourd'hui*, à présent que rien n'oblige à s'imposer de telles épreuves, sauf le masochisme ? On l'a compris : l'esthétisation de l'aventure qu'opèrent Poincheval et Tixador, mixte de citation nostalgique et de mise en situation burlesque, n'a rien de futile. À travers elle s'exprime le regret languide de celui qui a trop usé de l'aventure, désossée à force de pratique, et à qui ne reste que cette possibilité : demeurer pour l'éternité un aventurier *potentiel*, un non-aventurier se rêvant dans la posture flatteuse mais périmée de l'aventurier.

Le trou comme objet d'art

Horizon moins vingt — revenons-y — condense à sa manière tous les traits d'une opération à la fois aventureuse, originale et pédagogique : nul artiste, en effet, n'a encore réalisé une œuvre similaire ; il ne fait pas de doute, au registre de la connaissance, que les artistes « apprendront » d'une claustration de vingt jours sous terre. En soi, cette triple qualité (aventure, originalité, apprentissage) peut suffire à cautionner le principe d'une telle œuvre. Au-delà de sa nature propre, une autre de ses caractéristiques a trait pourtant à la référence au *trou* qu'il faut y lire, référence en l'occurrence particulièrement féconde. Le trou que l'on creuse dans la terre et où l'on s'enfouit peut diversement évoquer la tombe et le monde des morts, la cachette, le boyau par lequel on s'enfuit, le séjour dans un monde autre où pouvoir se tenir à l'écart des hommes, la soustraction de soi. Convoquer le trou comme référence n'est pas gratuit. Avec *Horizon moins vingt*, Poincheval et Tixador creusant leur tunnel mettent en œuvre un habitat des profondeurs constituant une cachette, une zone de retrait et de repli, mobile certes, vouée bientôt à être ré-ouverte au grand jour mais néanmoins intrigante à ce registre central : l'escamotage momentané du corps, sa « mise au trou ».

L'art récent abonde en « trous », qu'ils soient représentés sous forme d'images ou que les artistes les creusent eux-mêmes. Représentations de « trous » ? Un Jeff Wall, photographe du « presque documentaire », a soin de les multiplier dans son œuvre, toutes périodes confondues. *Burrow* (2004) montre, dans un terrain en lisière de ville, une excavation protégée par des planches de bois [12]. La noirceur du trou, dont on ne sait à quoi il sert (entrée de souterrain ? Sondage local du sous-sol ?...), contraste en tout cas avec le tas de terre sablonneux qui le jouxte, de coloration claire. Marquer la différence symbolique entre l'univers du dehors et celui du dedans ? *The Well* (1989) montre une jeune femme occupée à pelleter un trou profond dans un paysage naturel [13]. Jeff Wall a pris cette photographie de dessus, en plongée, comme aurait pu le faire un spectateur inquisiteur. L'imagination bondit : cette femme creuserait-elle une tombe à l'insu du monde, le trou n'est-il pas l'indice d'une mort, d'un crime qu'il faut cacher ? *The Flooded Grave* (1998-2000), une photographie prise dans un cimetière désert, tend à la vue intriguée une tombe fraîchement ouverte mais abandonnée, et remplie d'eau [14]. Parce que la mort aurait renoncé à son sinistre ouvrage ? Parce que le défunt destiné à être inhumé a ressuscité ? À moins que son cadavre n'ait été volé par une adepte de Karen Greenlee, employée californienne des pompes funèbres connue pour subtiliser les cadavres avant leur inhumation, et pour s'y accoupler [15] ? On ne sait.

La symbolique que Jeff Wall suggère tire sans conteste du côté de la « bouche d'ombre », du mystère chtonien, des profondeurs inquiétantes. Ce qu'exprime à sa manière volontairement réductrice un Bruno Carbonnet, connu dans les années 1990 pour peindre des *Trous*, comme Cézanne en son temps, des pommes et des compotiers. Mis en face de ces figures à la fois explicites et énigmatiques, on brûle de savoir *ce qu'il y a derrière*. Une attente que Ben, lui, a d'ores et déjà déçue dans sa période Fluxus, à travers son travail sur le trou — sur le « Fluxhole », plus exactement dit, le « trou Fluxus », cette forme où l'art s'incarnerait aussi, si l'on en croit le *Fluxus Manifesto* de George Maciunas, valorisant tant et plus les formes d'art les plus incongrues [16]. Ben se contente d'exposer les « trous » pour ce qu'ils sont : des sas, des interfaces faisant communiquer deux espaces. *Trou portatif*, l'un de ses « Fluxholes », prend la forme d'une valise affublée d'un trou sur un de ses côtés. Un autre de ses « Fluxholes », celle d'un jeu de photographies montrant des rondelles percées, des anus, les fonds de lavabo, une cuvette de toilettes et sa lunette trouée... Désacralisation garantie.

Désacralisation ? Il n'est pas sûr que ce vocable s'adapte en tout à une entreprise artistique telle qu'*Horizon moins vingt*, celle-ci revêtirait-elle un caractère plutôt surprenant, illogique même. On creuse en général un tunnel pour faire communiquer deux espaces séparés. Ce qui n'est pas le cas ici. Il suffirait après tout aux artistes restés à la surface, pour atteindre leur but, de marcher vingt mètres. Mais non. *Horizon moins vingt* est un travail surtout, un « acte », de manière délibérée. Au-delà du trouble qu'inspire toute œuvre traitant des gouffres, et plus que l'ironie virtuelle de la proposition, une des plus fortes caractéristiques de cette œuvre reste en effet celle de l'effort, un effort qu'il s'agit coûte que coûte d'accomplir, serait-il vain pour l'essentiel, ou d'un rendement mineur, disproportionné au regard de l'intensité sacrifiée. Jour après jour, Poincheval et Tixador vont creuser et pelleter sans relâchement possible : ils se sont imposés un calendrier. Cette donnée de l'effort place *Horizon moins vingt* du côté de la « performance », dans les deux sens du terme : expression artistique que réalise un « corps acteur » (deux corps, pour la circonstance, unis dans le même effort et dans le même but) ; exercice physique qui requiert un engagement corporel intense. Une donnée récurrente chez les deux artistes, au demeurant. Endurer des conditions de vie inappropriées au confort auquel nous a habitués la vie moderne (*Total Symbiose* et *Total Symbiose 2* [17]), marcher longtemps (*L'Inconnu des grands horizons*) ou skier des jours durant (Laurent Tixador, *Le premier artiste au Pôle Nord*, 2005)... De tels efforts, sans conteste, renvoient à la pratique de l'art comme endurance. Tout comme Bruce Nauman, plus d'une heure durant, sans s'arrêter, répète les mêmes mots. Tout comme Marina Abramovic et Ulay se frappent au visage pendant des heures, jusqu'à défaillir.

Ayons soin de préciser, à ce registre de l'endurance, combien l'effort, dans le cas d'*Horizon moins vingt*, va autrement plus loin que celui auquel ont pu consentir par le passé quelques-uns des artistes connus eux aussi pour avoir « pelleté », qu'il s'agisse de Nobuo Sekine ou de Claes Oldenburg. Dans un parc, le premier élève une forme cylindrique en terre près du trou où il a prélevé cette dernière (*Phase Terre*, 1968 [18]). Pour monumentale qu'elle soit, cette œuvre n'a pas requis le même effort que celui que réclame *Horizon moins vingt* pour exister. Quant au second, Claes Oldenburg, s'il creuse, c'est peu de temps, et pas profond : un pelletage d'une heure dans Central Park, à New York. En termes quantitatifs, on arguera qu'il existe aussi des travaux « artistiques » de terrassement connus pour leur caractère autrement spectaculaire au registre de l'énergie déployée. C'est le cas, dans les années 1970, des *Double Negatives* de Michael Heizer ou des compositions en milieu naturel de Robert Smithson (*Spiral Jetty, Amarillo Ramp*...). C'est encore le cas de l'exposition dans une galerie de Munich, par Walter de Maria, de cinquante m³ de tourbe (*Espace de terre munichois*, 1968). De telles œuvres, à n'en pas douter, ont demandé un formidable engagement physique, et la brassée de tonnes de matière. Leurs auteurs, cependant, ont utilisé des machines pour les réaliser, en plus de profiter du travail d'assistants. Aucune de leurs réalisations respectives, du coup, ne se caractérise par cette donnée fortement « humanisante », essentielle dans *Horizon moins vingt*, qu'est le travail manuel. Autant dire le corps en action, un paradigme comme on l'a vu essentiel dans les créations d'Abraham Poincheval et de Laurent Tixador. Le corps littéralement *pris* par l'œuvre, devenu son serviteur et son esclave, corps galérien évoquant celui du *Casseur de pierre* de Courbet, confondu dans l'action.

La stratégie du souterrain

Le mobile psychologique des artistes ? Faute sur ce point d'une réponse sûre (qu'en penserait un psychanalyste ?), relevons du moins qu'*Horizon moins vingt*, à l'instar des autres expéditions du tandem Poincheval-Tixador, se révèle d'une difficulté extrême. À cette difficulté, gageons que l'on ne se donne pas sans raison profonde, intime, relevant de ce que l'on pourrait appeler l'auto-torture. Il n'a jamais été aussi facile de vivre sans effort qu'aujourd'hui : l'univers matériel et ses multiples béquilles en tout genre est accessible et disponible comme jamais, prompt à nous soulager de toute action trop fatigante. De là sans doute, par retour du balancier, *l'appel de l'épreuve*. Une forme de compensation : la vie facile inviterait à s'inventer une autre forme de vie, plus difficile.

Chacune des œuvres de Poincheval et Tixador, on l'a dit plus haut, n'est pas sans prendre des airs d'épreuve. *Horizon moins vingt* ? Il faudra endurer cette fois l'ensevelissement, le confinement, l'atmosphère particulière du terrier, l'absurdité de la situation. La terreur brutale que peut inspirer la claustrophobie. L'imaginaire même de l'enterrement du corps vivant, mort pour les autres, dont a si bien rendu compte Edgar Poe dans *L'Enterré vivant*[19]. Pour les artistes, une situation physiquement délicate et métaphysiquement peu reposante. Il convient bien d'insister sur ce point. Au moins autant, soit dit en passant, que sur le qualificatif de Bouvard et Pécuchet de l'expérience absconse dont les commentateurs affublent trop souvent Poincheval et Tixador dès qu'ils se frottent à l'examen de leurs réalisations. Ces derniers, de joyeux plaisantins ? Ce serait étonnant. Installer son corps trois semaines durant dans un boyau aveugle et clos : cette perspective, tout bien pesé, est intrigante (pour ne pas dire plus : effarante, de nature à filer des cauchemars). Le souterrain, autant dire un « chronotope » *dur* de la culture humaine, toutes civilisations confondues, eût dit Bakhtine — le « chronotope » du corps *autre part*.

Une histoire exhaustive de la culture du souterrain reste à écrire. Pêle-mêle, on y croiserait les divinités chtoniennes dont abondent toutes les religions (un panthéon fourni, outre l'Hadès hellénique), les grottes ornées du paléolithique mais aussi, outre Edgar Poe déjà cité, Richard Wagner (le séjour des Nibelungen de *L'Or du Rhin*), Jules Verne (*Voyage au centre de la terre*), Fedor Dostoïevski (*Écrits du souterrain*), Franz Kafka (*Le Terrier*), parmi d'autres [20]. Aussi bien, l'on y trouverait l'art dit « spéléologique » dans ses multiples composantes : tableaux peints et photographies prises dans l'univers des profondeurs, danses exécutées directement sous terre. De même, la riche éco-culture de la mine, aux boyaux dangereux mais aussi protecteurs, où se fomentent conspirations sociales, politiques ou personnelles (*Germinal*, de Zola). Enfin, comme venant clore pour un moment cette longue liste, Abraham Poincheval et Laurent Tixador, avec *Horizon moins vingt*.

Culture du souterrain ? Si tant est qu'elle puisse être unifiée, relevons combien cette dernière doit à l'idée de *séparation*. Le monde du souterrain n'est que de manière occasionnelle celui des humains, au regard du moins de ce que nous enseignent les mythes. Territoire à part — celui des morts et des maîtres de la mort, bien souvent — il constitue pour l'homme tantôt un refuge inespéré (l'abri protecteur), tantôt une prison où l'on croupit (le lieu carcéral et punitif). La spéléologie moderne, née au XIXe siècle et vite devenue une des formes de l'aventure de masse, banalise certes le rapport de l'homme avec l'« en dessous ». Le spéléologue, lui, sait fort bien que la terre vue et vécue du dedans est une matrice accueillante (il n'y fait jamais très froid ni très chaud), aux réseaux propices à d'excitantes randonnées labyrinthiques, *topos* majeur réservant de magnifiques surprises pour l'œil et, pour l'homme contemporain, une des meilleures zones de retraite et de ressourcement qui soient (après le désert, les séjours à la Trappe ou dans les monastères bouddhiques et avant le repli galactique dans les banlieues de la Voie Lactée, quand il sera possible). Mais il n'empêche, la culture du souterrain, du *Sub Terra*, connote celle surtout d'un utérus de repli. Nombre d'histoires d'évasion ou de type « casse du siècle » font-elles du souterrain un objet opportun (pour échapper à la captivité, pour aller discrètement jusqu'aux coffres de la banque) ? Beaucoup d'autres, toutes thématiques confondues, inclinent plutôt vers les thèmes autrement moins avenants de la terreur, de la relégation, de l'abandon métaphysique et de la mort.

L'exploit nu

Le culte de l'« extrême » caractérisant la culture occidentale — plus fort, plus intense, plus radical, plus violent, plus vite, etc. — fait de l'exploit un acte logique [21]. Pas d'exploit, pas d'« extrême ». Il faut qu'une limite soit forcée, sinon quoi ? L'acte routinier, l'acte quelconque, l'acte plébéien, désespérément sans intérêt.

Reste à s'interroger sur l'exploit pour le moins particulier que représente *Horizon moins vingt*. Authentique exploit, en l'occurrence, si l'on considère que Poincheval et Tixador ne sont ni des spéléologues patentés, ni même des pratiquants occasionnels du séjour sous terre. Mais exploit à quelle fin, et pour dire quoi ? Que l'être humain, à condition d'être bien équipé, peut passer vingt jours sous terre en espace confiné ? Que l'artiste est un homme comme les autres, homme du commun mais aussi, à l'occasion, hors du commun, ainsi que quiconque sans doute peut l'être s'il s'en donne les moyens et la volonté ?

Voyons là, sans verser toutefois dans le pathos, un autre type d'exploit : un exploit non pas pour rien mais pour endurer du plus près qu'il est possible le simple fait d'être en vie. D'être en vie tandis que la voûte du souterrain qu'occupent les artistes peut céder et, en dépit des précautions prises par ceux-ci, nombreuses (liaison radio, notamment), les ensevelir vivants en prenant les secours de vitesse. Un exploit, on l'aura compris, pour se frotter un peu plus près et un peu plus longtemps au risque tangible de la mort. Au nom de l'art comme il se doit, pour la beauté du geste mais aussi au nom de la vie nue, la seule qui vaille.

(1) « Portrait / Abraham Poincheval et Laurent Tixador. Le Club des aventuriers », *Particules*, n° 15, juillet-août 2006, p. 6.

(2) Plaquette de présentation *Horizon moins vingt*, document de travail, 2005.

(3) *Idem*.

(4) Maurice Fréchuret, « Bien creusé, vieille taupe... », plaquette de présentation, CAPC, Bordeaux, 2005.

(5) Jean-Max Colard, « Odyssées de l'espace », *02*, n° 25, printemps 2003, p. 4.

(6) Cité par Jean-Max Colard, « Les aventuriers de l'ARC perdu », *Les Inrockuptibles*, mai 2004. Sur cette expédition, voir Abraham Poincheval et Laurent Tixador, *L'Inconnu des grands horizons*, Michel Baverey éditeur, collection Antipode, mai 2003.

(7) In Emmanuelle Lequeux, « Je serai le premier artiste au Pôle Nord », *Aden*, 1er décembre 2004, p. 27.

(8) Jean-Marc Huitorel, « Les robinsonnades d'Abraham Poincheval et de Laurent Tixador », *Attitude*, mai-juin 2005, p. 61-62.

(9) In Emmanuelle Lequeux, « Je serai le premier artiste au Pôle Nord », *idem*.

(10) Sur ce point, voir Daniel Roche, *Humeurs vagabondes*, Paris, Fayard, 2002.

(11) Jean-Marc Huitorel, « Les robinsonnades d'Abraham Poincheval et de Laurent Tixador », *idem*.

(12) *Burrow*, « Terrier », « Trou ».

(13) *The Well*, le « puits », mais aussi le « forage ».

(14) « La tombe inondée ».

(15) Karen Greenlee, employée californienne de pompes funèbres, s'enfuit en 1979 avec un cadavre en déroutant un corbillard. Greenlee dit goûter la compagnie des morts plus que celle des vivants, en particulier celle des cadavres de jeunes hommes (elle reconnaîtra avoir eu de multiples relations sexuelles avec des cadavres).

(16) George Maciunas, *Fluxus Manifesto*, New York, 1965. L'artiste y appelle à la libre création. L'objet d'art ou l'action d'art Fluxus peut prendre toutes les formes possibles et imaginables : du bruit, une promenade, une boîte, du courrier, un vaudeville... des trous. Aucune compétence requise, de manière proclamée.

(17) *Total Symbiose 2* : les artistes, en mai-juin 2005, construisent un village à la façon des Eskimos, en terre, à Terrasson (Dordogne). Ils s'attachent un mois durant à vivre en autarcie en utilisant les ressources de l'environnement.

(18) Une œuvre élevée dans le parc Suma Rikyu à Kyoto, associée au mouvement du Mono Ha, « école des choses ». Nobuo Sekine, une fois le temps de l'exposition écoulé, rebouche le trou au moyen de la terre de la sculpture.

(19) Edgar Allan Poe, *L'Enterré vivant* (*The Premature Burial*), 1844. Adaptation cinématographique, 1962.

(20) Sauf Jules Verne, qui donne de la représentation des profondeurs une vue exaltée (l'auteur s'est documenté auprès de géologues), le thème littéraire du souterrain connote pour l'essentiel la difficulté ou l'impossibilité de vivre « à la surface ». *Le Terrier*, l'une des nouvelles posthumes de Kafka, fournit l'expression d'une double stratégie négative. Le personnage de cette nouvelle se cache dans un terrier pour échapper à ses persécuteurs. Mais parce qu'il les entend creuser non loin de sa cachette, il fuit leur avancée. Le séjour souterrain devient perpétuel : il protège et ne protège pas d'un même tenant, il condamne à la réclusion celui qui veut l'indépendance sociale.

(21) Paul Ardenne, *Extrême - Esthétiques de la limite dépassée*, Paris, Flammarion, 2006, notamment le chapitre 1.

"To the question of whether we feel close to the Land Art artists, since our work responds to the two main criteria which define Land Art in general: one, taking place in nature, two, being spatial interventions, we respond by saying no (...). Our studio can be found in nature, but what we really want is to be simply transposed into adventurous situations[1]."

This clarification possesses the value of a heads-up. What is perhaps most important about the nature-located creations of Abraham Poincheval and Laurent Tixador is that they amount to "adventures" in so far as they are journeys which deal with a principle of singular experience. The "adventure," is again the most salient characteristic of this out-of-the-ordinary duo's most recent project, *Horizon moins vingt*. This unusual — to say the least — expedition is thus summed up: to dig in the ground, in a straight line, for twenty days, a tunnel that Poincheval and Tixador, in the spirit of a couple of moles, fill in behind them as they advance, until eventually reemerging aboveground.

The goal of the following remarks is threefold. To present *Horizon moins vingt*, and then with certain care toward genealogical scruples, locate this work in a general lineage of artistic practices, which are characterized by either a principle of excavation, a sort of engagement with terrestrial depths, or even a fascination with such depths. Such work is not rare. Some of it belongs within the domain of performance and privileges the act of digging, while other parts of it issue from a use of mineralogical materials, which one displaces, while others involve a certain interest in holes, hollows, excavation, "the other" space underneath. The third goal of this text, finally is to interrogate how and in what sense *Horizon moins vingt* can be linked to such themes as the subterranean or to holes or underground networks, which are important in so many symbolic orders.

Journey Just Under the Surface of the Earth

"While underground movement is not impossible (many speleologists and prison escapees have survived it), to elect to dig a tunnel while closing it behind one is something else altogether." So do the artists of *Horizon moins vingt*, a project begun in 2005, point out right away. So that one may judge the project: "The subterranean space through which we intend to move," the artists go on to explain, "will not be any bigger or any smaller than an ordinary passageway, but the earth will be dug away from the front and left behind us, so that we may advance while filling up our passage. Thus, bereft of any access to the outside world, we will be confined in either a kind of grotto without any climbing ropes or a troglodyte '*mobile home.*' Our journey is intended to last for twenty days, at the pace of a meter a day. The passage will be dug, at least in the beginning, like a trench, until the space is deep enough to be closed [2]."

Upon first glance, *Horizon moins vingt* registers as a perfectly senseless and unjustifiable act. The actual underground passage is not very deep. No significant penetration of the earth's crust takes place: the artists evolve at about 1.5 m just under the earth's surface. This passage is not "itinerant:" they hardly progress in terms of space. Nor is it a useful undertaking: taking twenty days to advance twenty meters is absurd, excluding the case where this would be to try and beat some kind of record of slowness. Alas, pure, wild imagining? Not so fast. Despite its bizarreness, *Horizon moins vingt*, not being just lazy or idle nonsense, has plenty to justify it as a project. The first being the idea of the expedition itself, which the dictionary defines as a "journey of exploration." "As there has never been a similar kind of voyage, we can't really learn from any former narratives and so the preparation has to be rigorous. Being reasonable, we know that nothing may be left to chance, as it will not be possible to count on any sort of outside help [3]," the artists state. Another motivation: that of the personal challenge. *Horizon moins vingt*, in the spirit of Poincheval and Tixador's preceding projects, amounts to a new confrontation, their own lives pitted against an underground environment. Personal challenge? Confinement is not comfortable for the human body, which cries out to be surrounded by free space, and neither is extreme seclusion or radical isolation, which is perhaps why these methods tend to be used in traditions of mystical devotion, with some times extreme monastic practices. *Horizon moins vingt* has nothing to do with pleasure. It will be a matter of digging without respite while also leaving nothing to chance for the duration of twenty days: the challenge is simply to clear a passageway, certainly, but for the artists to feed themselves and to find their place — necessarily limited — in a miniscule space and endure a confinement lighted solely by flashlights attached to their foreheads.

The third motive of *Horizon moins vingt*: to go beyond physical and psychical limits, as such a personal challenge must do. This is not foreign to art or to the principle of sublimation that governs it. It is not uncommon for the energy of artists to be a subject of admiration — their heroic drive to go beyond themselves. This notion of going beyond one's limits is in no way contradicted by *Horizon moins vingt*, though such an artistic project may lack its quotient of transcendence of what is generally understood as going beyond one's limits in the so-to-speak superhuman sense (Michaelangelo working like a maniac on the Sistine Chapel, Jackson Pollock dancing in a trance over his canvases...). Does not *Horizon moins vingt*, one might protest, valorize some notion of man-as-mole, man as a repetitive gesturer, a limited producer? This may be. But *Horizon moins vingt* simultaneously invokes the otherwise glorious figures of the resistance fighter and the organizer.

The resistance fighter, because the realization of this project, simply stated, is not within the reach of just anyone, and because such an undertaking, in which the very capacity of life in an extreme situation is tested, necessarily has a relation with the very limits of life. The organizer, because nothing has been left to chance, because the preparation for this project spanned several months, and because the artists, with the intention of really making their project succeed, contacted a number of subterranean specialists. Maurice Fréchuret, in a happy, synthesizing statement: "At the cross-roads of several disciplines, the work of Tixador and Poincheval deliberately inscribes itself within the tradition of performance. But with the historic intention of bridging the gap between art and life that marks contemporaneity: what they propose with this project confers upon our time a fully physical and biological dimension [4]."

Parenthesis: The Artist as Expeditionary Body

The art critic Jean-Max Colard made the following remark: "At the very heart of the work of several contemporary artists the expedition is in the process of again becoming an artistic practice. Even a new mode for the exhibition." He adds: "Without anything resembling an artistic movement, these collective or solitary expeditions, constitute a sort of widespread tendency: because, in reality, behind this push to 'hit the road,' such profoundly individual approaches, as well as the extremely singular visages of 'elsewhere,' are in play [5]."

On the multi-millennial scale of the history of art, the expedition, this key vector of the period of conquests, has only recently become an artistic practice. The first signs were seen at the beginning of the 20th century, with the Dadaists and the Surrrealists: for the former, the expedition, in the form of a parade in the street in the working class neighborhoods of Berlin; for the latter, the group visit to the church of Saint-Julien-le-Pauvre in Paris. Land Art, from the 1960's, brought to the "artistic" practice of the expedition a certain notoriety: Robert Smithson's "aesthetic" journeys in the Yucatan or in Passaic, New Jersey, the doubled marches of the landscape creations of Jean Clareboudt, Richard Long, Hamish Fulton, and François Méchain. Certain art world eccentrics, often too audacious, would go so far as to put their lives at stake, as in the case of Bas Jan Ader, known for having embarked on a fatal attempt to cross the Atlantic in a 13 foot sailboat.... The 2000's are witnessing the systemization of the "artistic" expedition. Artists as varied as Aleksandra Mir, Nicolas Moulin, Multiplicity, Attitudes d'artistes, Stalker, Laurent Malone, Pierre Huyghe, Sandy Amério, Olivier Leroi... use such practices in order to make works as unconventional as they are numerous — less in hopes of discovering some mythic elsewhere or an easy and disorienting exoticism than of bringing uncommon forms of reality into being. Leroi, thus, departs for the high planes of the Mexican Sierra Madre in search of the White Zorro, a great, local legend; not finding him, he recreates him in every respect with the help of an actor and some of the locals in that remote geographical region. Laurent Malone, in Marseille or in Hong Kong, operates among urban interstices, inventorying the contents found therein — lost objects, debris, garbage, flora... — as a geographer might do in some distant land, in the spirit of a bona fide explorer, etc. The principle that justifies these "artistic" expeditions may be located in *augmentation*. Art, a very specific production that is essentially unnecessary to survival and daily life is only capable of "augmenting" reality. It, art, generates this augmentation all the more effectively when it leaves behind the context in which it is usually produced.

Between Nomadism, Lightness, and Knowledge

It is not by mere chance that Abraham Poincheval and Laurent Tixador chose to become "expeditionist" artists. The option selected, in these circumstances, is an unclassifiable act of art. If need be, the following statement, will confirm their choice, made in the context of their *L'Inconnu des grands horizons* (*The Unknown of Great Horizons*, 2002), in which they decided to cross France on foot, in the autumn of 2002, armed with only a compass to direct themselves from Nantes to Caen and then to Metz, the final goal of the journey, where there was an opening for the one of their shows: "We didn't know what we were going to see, but we were importing another reality into the field of art (...). For us, the adventure is to leave the milieu of contemporary art. We go as far away as possible from the gallery, beyond the laws of the market and the milieu of art, and, at the same time, we have never gone very far away, it's merely a matter of taking a step to the side[6]."

The "artistic" expedition possesses this quality: the possibility of disengagement.

Abandoning traditional artistic genres and medias produces the advantage of avoiding repetition — of gestures and forms. Disengagement suggests an increase in the possibility of reinventing art, a sort of reinvention provided by the interrogation of certain techniques. In September 2001, the two artists decided to illegally squat, for one week, the section of the Island of Frioul officially classified as a natural reserve, just off the coast of Marseille, living there in the Paleolithic mode, as fisher-gatherers (*Total Symbiosis*). The experiment was delicate: the all-but-nude artists, a loincloth between their legs, nourished themselves on nothing but mussels and figs for seven days straight. (Necessary, incidental clarification: if the artists do happen to make discoveries, their practice should however not be confused with the scientific or parascientific experiments of the likes of Bombard, Kon-Tiki, Biosphere 1 and 2... — which play for real, cognitive stakes.) Their predictable inability to really adapt to the place or to the hardships of such a life would frequently result in "a rather unhinged and laughable aspect, such as when we tried to hunt seagulls: the sling shot that I had made worked well enough," admitted Laurent Tixador, "(...), but it was made more for mammoths than for birds, something I only came to understand once on the island[7]." If it is therefore a matter of creating an art that is about "learning" the world — rather than representing it —, taking oneself too seriously is totally out of the question. The most telling proof of such a refusal to be totally serious? As a testimony to their sojourn, the artists left two rock paintings of the logos of M&M's and Quick[8] on the raw limestone of the island. Issuing from an absolutely contemporary source, these citations could leave no doubt about the time in which the work took place.

"They didn't know what to do? They did it," writes Jean-Marc Huitorel concerning the undertakings of Poincheval and Tixador. "They invent and reinvent gestures, techniques, methods, efforts, modes of suffering as well as terror[9]." Novelty, but a novelty uncompromised by base intentions. An authentic sense of novelty, the only kind that matters: that which is new from my point of view as an artist, what I have yet to experience. "It's something I've never done, therefore I want to do it[10]," thus responded Laurent Tixador to a journalist who questioned him about the impetus behind their expeditions. Not in order to be the first with the goal of being the first, as celebrated by the culture of the pioneering act. Novelty for oneself and as a vector of knowledge, rather. Regarding the expeditions of Abraham Poincheval and Laurent Tixador, it is never aberrant to infer from them the "pedagogical nomadism" cherished by Jean-Jacques Rousseau [11]. One moves, certainly, but not uniquely for the sake of moving. What does it matter if in this game the move to be played comes across as a doubtful move? In 2005, thus, the two artist traveled by Zodiac with oars from Saint-Nazaire to the village Fiac, on the Garonne river, going upstream which obliged them to get out several times and literally pull the boat by rope along the sides of the river. It is not easy to justify so much seemingly useless effort. But Huitorel insists that it is a matter of "an experience of the world, in the world and just slightly out of synch with it, a tack which is the mark and even the guarantee of art [12]." An experience of the world that the two artists take the pains to share, which enriches the overall experience through the very fact of it being shared with one-another. Hence the meaning of the trophies in the form of "commemorative bottles," which they create and then exhibit after the completion of a given expedition: they insert into the bottles reduced reproductions of objects found during a given journey, which evoke one of their expeditions. This accounts for, again, the significance of the meetings of the *Adventurers' Club* that Abraham Poincheval and Laurent Tixador hold regularly, in which the two artists invite people from diverse backgrounds to discuss various journeys over a glass of whiskey, based on the model of geographic salons of yore. The continuation of the expedition carried into the present by other means.

Unpacking the Concept of the Adventure.

Poincheval and Tixador's penchant for offbeat adventures such as *Horizon moins vingt* may be analyzed in a number of ways. What are or what could be the artist's motives? First motive: to experience currently unacceptable things, which modern life has rendered absurd or which have become the object of ridiculous contests, in the spirit of TV shows such as *Koh Lanta* or *Fear Factor*, meant to entertain the masses and function as voyeuristic spectacles. In giving themselves carte blanche for adventure in all its forms, not excluding the strangest, Poincheval and Tixador operate as authentic artists. They perceive the real as a source of unlimited possibility, as a terrain full of potentially radical experience. A simple reminder, which is never a waste: art is the elective, formal production of the real. Art can offer to a given moment one of the most unexpected approaches that exist, totally against the grain of everyday life. Second motive: to critically aestheticize the very notion of the adventure. However, "adventuresome" they may be, Poincheval and Tixador do not take recourse in — or if they do, not seriously enough — arguments or ordinary references to exoticism, heroism, feats of a record breaking nature to be ideally recorded in the *Guinness Book of Records* or inaugural acts, i.e., "the first to" (except in the last case here, the inaugural act, in order to expose the basely, media-seeking character of such exploits: Tixador pulled off the operation *The First Artist to Go to the North Pole* as one would with the "first butcher...," or the "first Mongolian..." or the "first Miss Universe.") The notion of the adventure has become rather discredited, and the adventurer, unless he is a conqueror of outer space, which still possesses uncharted possibilities, is, at the very most, a comic book myth. The adventure, at bottom, can be anywhere, starting with the torturous and unfathomable interrogation of the human condition. No lack of material there though: that adventure, like the others, is the most universal one that exists, meriting neither quotation in particular nor laurels. As far old implications of adventure go, Poincheval and Tixador keep only the aspect of fantasy, so dear to the West; this monstrous appetite of frustration and domination, but exploited, so to speak, the wrong way. It is without a doubt adventurous to cross France on foot in a straight line. The same goes for surviving on an island for one week on only the natural resources found there. But what's the point today, now that there is no real reason to subject oneself to such challenges, except in the case of masochism? We have understood: the aestheticizing of the adventure which Poincheval and Tixador put into play, mixed with nostalgic quotation and burlesque situations, is in no way futile. As such, expressed in this aestheticization is the languid regret of someone who is too used to the adventure, which has been overanalyzed in virtue of overuse, and of which remains but this possibility: to remain for eternity but a potential adventurer, a non-adventurer dreaming in the flattering, but outdated pose of the adventurer.

The Hole as an Art Object

Horizon moins vingt — getting back to it — combines, in its own way, all the aspects of an operation that is at once adventurous, original, and pedagogic: no artist, in fact, has ever produced a similar work; it cannot be doubted, as far as knowledge goes, that the artists will "learn" how to be sequestered under the earth for twenty days. This triple quality (adventure, originality, education) could suffice to validate the principle of this work alone. Beyond its very nature, another characteristic of such a work, which refers to the *hole* makes it necessary to read therein a particularly fecund reference. The hole that one digs in the ground and in which one inserts oneself is capable of variously evoking the tomb and the world of the dead, hiding spots, escape routes, a sojourn in another world where one can be away from people, the subtraction of oneself. To invoke the hole as a reference is not beside the point. With *Horizon moins vingt*, Poincheval and Tixador will dig their tunnel and create a habitat in the deep which constitutes a hiding spot, a zone of withdrawal and retreat, mobile, it goes with saying, destined to be reopened in broad day light, but nonetheless, intriguing in this crucial way: the temporary disappearance of the body, its insertion into the hole.

Recent art abounds with "holes," be they represented in the form of images or dug by the artists themselves. Representations of "holes?" Jeff Wall, an "almost documentary" photographer, has made a point of proliferating holes throughout his œuvre. *Burrow* (2004) shows, just on the edge of a town, an excavation protected by planks of wood. The darkness of the hole, whose purpose is unknown (subterranean entry? Local, underground drilling?...), contrasts, in any event, with the pile of bright, sandy earth right next to it. To demarcate the symbolic difference between the universe of the outside and that of the inside? *The Well* (1989) shows a young woman laboriously digging a deep hole in a natural landscape. Jeff Wall took this photograph from above, in a high angle shot, as if it could have been taken by an inquiring viewer. The imagination leaps: is this woman secretly digging a tomb, does not a hole suggest death, like a clue, a crime that must be concealed? *The Flooded Grave* (1998-2000), a photo taken in a desert cemetery, offers to the intrigued eye a freshly opened, but abandoned grave, full of water. Did death renounce its sinister labor? Was the deceased destined to be interred and then resuscitated? Was the cadaver stolen by an adept of Karen Greenlee, the Californian undertaker famous for purloining cadavers before their interment for sexual purposes[13]? Hard to say.

The symbolism of which Jeff Wall suggestively avails himself issues, without a doubt, from the chthonic mouth of the abyss. The same could be said to be expressed, in his voluntarily reductive manner, by Bruno Carbonnet, known in the nineties for painting *Holes*, like Cézanne in his time was known for painting apples and fruit bowls. One burns with desire to know what lies behind such at once explicit and enigmatic imagery: an expectation that Ben himself disappointed in his Fluxus period through his work with the hole, or with the "Fluxhole," put more precisely, the "hole Fluxus" — a form in which art could be incarnated also, according to George Maciunas' *Fluxus Manifesto*, which valorized just about any form of art, including the most unorthodox [14]. Ben contented himself with exposing "holes" for what they were: screens, interfaces that allow two spaces to communicate. *Trou portatif*, one of his "Fluxholes," takes the form of a briefcase decked out with a hole on one its sides. Another one of his "Fluxholes," consists of a game of photos showing washers, anuses, the bottom of a sink, toilet bowl and its seat...desecration guaranteed.

Desecration? It's hard to say if this word could be said to suit an artistic undertaking such as *Horizon moins vingt*, which assumes a rather surprising, even illogical character. One digs a tunnel generally in order to connect two separate places. Which is not the case here. If the artists merely wanted to attain their goal twenty meters away, they could simply stroll above ground. But no. *Horizon moins vingt* is a work, a carefully considered "act." Beyond the trouble inspired by all art which deals with gulfs, and more than the virtual irony of such a proposition, one of the most powerful characteristics of this work is the effort it requires, an effort that must at all costs, be carried out, *Horizon moins vingt*, even if it should, in the end, be in vain or come up short, incommensurable with the intensity sacrificed in order to accomplish it. Day after day, Poincheval and Tixador are going to pick at the earth and dig without respite: they have imposed upon themselves a strict schedule. The theme of such effort locates *Horizon moins vingt* rather in the domain of "performance," in the two senses of the term: as being an artistic expression carried out by the "body of the actor" (two bodies, in this case, united in the same effort with the same goal), while being a physical exercise that requires an intense, corporeal engagement. This theme, incidentally, is a recurring one throughout the work of these two artists. To endure the conditions of a mode of life not adapted to the comfort of modernity that we are used to (*Total Symbiosis*, 2001 and *Total Symbiosis 2* [15], 2005), walking great lengths (*The Unknown of Great Horizons*, 2002), or skiing for days (Laurent Tixador, *The First Artist to Go to the North Pole*, 2005)... Such efforts, undoubtedly, evoke artistic practices of endurance. Like Bruce Nauman, who, for a whole hour, without stopping, repeated the same words. Or like Marina Abramovic and Ulay slapping each other's faces for hours, until breaking down.

We should be careful to clarify that with regard to this level of endurance, how much the effort, in the case of *Horizon moins vingt* goes beyond the effort of which a number of famous artists formerly submitted themselves in digging, whether it be Nobuo Sekine or Claes Oldenburg. Sekine's *Phase-Mother Earth* (1968) [16] took place in a park: he created a cylindrical form out of a tower of dirt next to the hole he had just dug. However monumental this work may have been, it did not require the same effort which *Horizon moins vingt* will require to be executed. As for the second: Claes Oldenburg, if he digs at all it's not for very long and not very deep: an hour of shoveling in New York's Central Park. In quantitative terms, it could be argued that there exist "artistic" works of digging rendered spectacular by the amount of energy deployed in order to execute them. Such was the case in the 70s with Michael Heizer's *Double Negatives* or the earth works of Robert Smithson (*Spiral Jetty, Amarillo Ramp*...). Such again was the case in a gallery show in Munich with Walter de Maria, with 50 m³ of dirt *Erdraum* (1968) Works like these, it goes without saying, necessitated a formidable physical engagement and moving of tons of material. Their authors, however, availed themselves of the help of machines as well as assistants. None of their respective executions could be said to be characterized by the markedly "humanizing" theme essential to *Horizon moins vingt*, which is human labor. Or peharps it would be better to say bodies in action, a paradigm such one has seen to be essential to the creations of Abraham Poincheval and Laurent Tixador. The body literally *taken* by the work, having become its servitor and slave, the moiling body evocative of Courbet's *Stonebreakers*, in which a symbiosis of work and worker takes place.

The Subterranean Strategy

The artist's psychological motive? Since it is impossible to ascertain with any certainty their motive (what would a psychoanalyst think?), let us consider at least that *Horizon moins vingt*, following in the spirit of other in-tandem expeditions of Poincheval-Tixador, reveals itself to be of an extreme difficulty. We have to assume that one could pledge oneself to such difficulty without profound and intimate reasons, issuing from what one could call a taste for auto-torture. It has never been as easy to live without physically exerting oneself as it is today: the material universe and its numerous points of support in every type are more accessible and available than ever, ready to relieve us of any effort which may be too trying. From whence, doubtlessly, in order to balance things out, *the call of a challenge*. A form of compensation: such easy living may inspire one to invent another form of living, one more physically difficult.

Every one of Poincheval and Tixador's works, as already stated above, carries this sense of challenge or test. *Horizon moins vingt*? This time they will be obliged to endure their own interment and confinement, the particular atmosphere of a burrow, and the absurdity of their situation. The brutal terror that could be inspired by claustrophobia. To even imagine the interment of a living body, dead for others, which Edgar Allen Poe so vividly portrayed in his story *The Premature Burial*. For Poincheval and Tixador this will be a physically trying and metaphysically challenging situation. It is necessary to insist on this point. At least as much, it may be said in passing, as on the qualification of *Bouvard and Pécuchet* (and their obscure experiments), that commentators all too often foist upon Poincheval and Tixador, when these commentators begin to scratch the surface of the artist's work. Are they mere jokers? That would be astonishing. To install one's body in a closed, entirely black hole for a period of three weeks is a bewildering prospect, chock-full of fodder for nightmares. The subterranean, which we could call a *hardened* "chronotope" of human culture, indeed of all human civilization in confusion, as Bakhtin said — a "chronotope" of the body *elsewhere*.

All that remains is to write an exhaustive history of subterranean culture. Pell-mell, one comes across underworld divinities, which abound in all religions (a furnished pantheon, besides Hellenic Hades), the decorated caves of the Paleolithic era, not to mention the already cited Poe, but Richard Wagner as well (the journey of the Nibelungen of *Das Rheingold*), Jules Verne (*Journey to the Center of the Earth*), Fyodor Dostoyevsky (*Notes from the Underground*), Franz Kafka (*The Burrow*), among others[17].

One would also find there a form of "speleological" art in all its multiple parts: canvases painted and photos taken in the depths of the underworld, dances executed directly underground. Not to mention the rich eco-culture of the mine, whose entrails are at once hazardous and protective, and in which social, political, and personal conspiracies are fomented (Zola's *Germinal*). And then finally, as if temporarily imposing a sort of closure upon this long list, Abraham Poincheval and Laurent Tixador, with *Horizon moins vingt*.

Subterranean culture? If thus may this culture be unified, let us consider how much this culture is linked to the idea of *separation*. The subterranean world is but rarely the domain of human beings, at least as far as our myths are concerned and what they teach us. Territory apart — that of the dead and the masters of the dead — it constitutes for man at times an un-hoped for refuge (protective shelter), and at others, a prison wherein one squats (a punitive space of incarceration). Modern speleology, born in the 19th century and quickly become one of the forms of mass adventure, simplified, it goes without saying, man's relationship with what is "underneath." The speleologist, himself, knows very well that the earth inhabited and beheld from the interior is a welcoming matrix (it is never very cold or very hot), full of networks propitious to exciting, labyrinthine rambles, major topoi, reserving magnificent surprises for the eye, and contemporary man, one of the best zones for rest and recuperation that exist (after the desert, sojourns *à la Trappe* or in Buddhist monasteries, and before galactic relaxation in the outskirts of the Milky Way, when that will be possible). But nonetheless. Subterranean culture, of the *Sub Terra*, connotes above all a uterus of withdrawal. Numerous stories of escape of the kind of the "break ins and break outs of the century" make rather opportune use of the subterranean (to escape captivity or in order to discreetly make one's way to the vaults of a bank). Many others incline instead toward themes otherwise less liable to propogate terror, relegation, metaphysical abandon, or death.

The Naked Exploit

The cult of the "extreme," which characterizes Western culture — stronger, more intense, more radical, more violent, faster, etc. — transforms the notion of exploit into a logical act [18].

No exploit, no "extreme." A boundary must be broken. If not, then what? Any act that may conform to the daily routine, such as any old act, a plebian act, is desperately void of interest.

All that remains is to question the exploit, which one could characterize at the very least as particular, represented by *Horizon moins vingt*. It is, incidentally, an authentic exploit, if one considers that Abraham Poincheval and Laurent Tixador are neither bona fide speologists nor occasional subterranean tourists. But an exploit to what end and in order to say what? That the human being, as long as he is well-equipped, can spend 20 days in a confined, underground space? That the artist is a man like others, a common man, but also occasionally uncommon, as much as anyone, no doubt, could be if he had the will and means to do so?

We can perceive in their effort, without indulging in any pathos, another kind of exploit: an exploit undertaken not for nothing, but to get as close as possible to the simple fact of being alive. To be alive while the subterranean vault which shelters the artists could give way, and despite numerous precautions taken by them (most importantly, a radio liaison), bury them alive faster than help may arrive. An exploit, one will have understood, which will graze a little bit closer and a little bit longer the tangible risk of death. In the name of art, as it must be, but also for the beauty of the gesture, and in the name of naked life, the only one that matters.

(1) "Portrait / Abraham Poincheval et Laurent Tixador. Le Club des aventuriers," *Particules*, n° 15, Juillet-Août 2006, p. 6.

(2) Exhibition brochure *Horizon moins vingt*, project document, 2005.

(3) *Ibid.*

(4) Maurice Fréchuret, "Well dug, old mole…," exhibition brochure, CAPC, Bordeaux, 2005.

(5) Jean-Max Colard, "Odyssées de l'espace," *02*, n° 25, printemps 2003, p. 4.

(6) Cited by Jean-Max Colard, "Les aventuriers de l'ARC perdu," *Les Inrockuptibles*, mai 2004. On this expedition, see also Abraham Poincheval et Laurent Tixador, *L'Inconnu des grands horizons*, Michel Baverey éditeur, collection Antipode, mai 2003.

(7) In Emmanuelle Lequeux, "Je serai le premier artiste au Pôle Nord," *Aden*, 1er décembre 2004, p. 27.

(8) Belgian fast food chain also found in France (trans. note).

(9) Jean-Marc Huitorel, "Les robinsonnades d'Abraham Poincheval et de Laurent Tixador," *Attitude*, mai-juin 2005, p. 61-62.

(10) In Emmanuelle Lequeux, "Je serai le premier artiste au Pôle Nord," *idem*.

(11) On this point, see Daniel Roche, *Humeurs vagabondes*, Paris, Fayard, (2002).

(12) Jean-Marc Huitorel, "Les robinsonnades d'Abraham Poincheval et de Laurent Tixador," *idem*.

(13) Karen Greenlee, a Californian undertaker, absconded in 1979 with a cadaver by stealing a hearse. Greenlee claimed to enjoy the company of the dead more than the living, in particular the company of dead young men (she confessed to having had sexual intercourse with multiple cadavers).

(14) George Maciunas, *Fluxus Manifesto*, New York, 1965. In this text, the artist calls out for free creation. The art object or art action can take on any form imaginable: noise, a walk, a box, mail, a vaudeville performance… holes. Zero competence required.

(15) *Total Symbiosis 2*: in May and June 2005, the artists constructed a village in the spirit of Eskimos out of dirt, in Terrasson (Dordogne). There they lived in total autonomy for a month by living off the fruits of the land.

(16) Constructed in the Suma Rikyu park in Kyoto, this work was associated with the movement Mono Ha, "School of things." Nobuo Sekine, at the end of the exhibition, closed back up the hole with the same dirt he used for the sculpture.

(17) Except Jules Verne, who brings an exalted view to the representation of depths (the author interviewed geologists), the literary theme of the subterranean for the most connotes the difficulty or impossibility of living, "on the surface." *The Burrow*, one of Kafka's posthumous short stories, provides the expression of such with a double, negative strategy. The protagonist of this story takes refuge in a hole in order to escape his persecutors. But when he hears them dig not far from his hiding place, he flees their approach. His subterranean sojourn becomes perpetual: it, the sojourn, both protects and doesn't protect him while condemning to reclusion he who only wants social independence.

(18) Paul Ardenne, *Extrême - Esthétiques de la limite dépassée*, Paris, Flammarion, 2006, notably chapter 1.

TOTAL SYMBIOSE
L'INCONNU DES GRANDS HORIZONS
PLUS LOIN DERRIÈRE L'HORIZON
KILLINGUSAP AVATTAANI
NORTH POLE
TOTAL SYMBIOSE 2
TOTAL SYMBIOSE 3

TOTAL SYMBIOSE

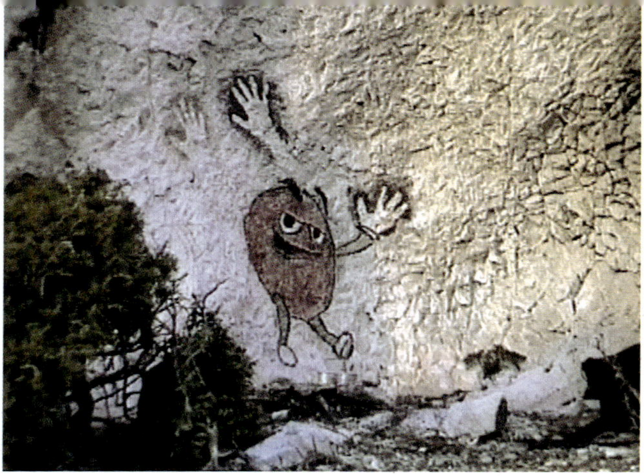

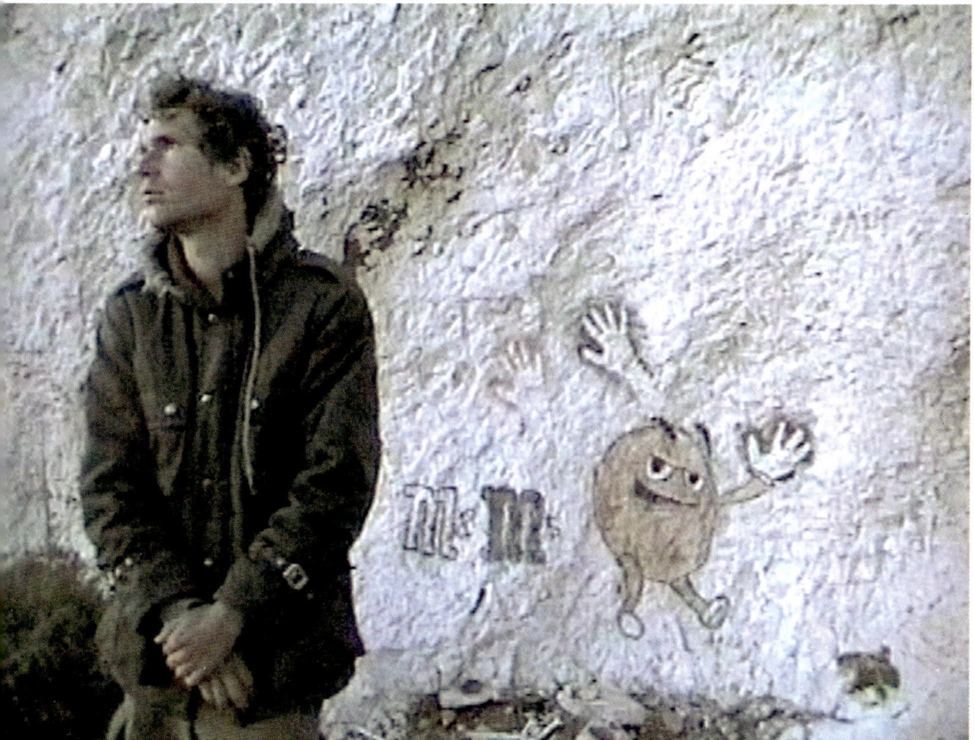

L'INCONNU
DES GRANDS HORIZONS

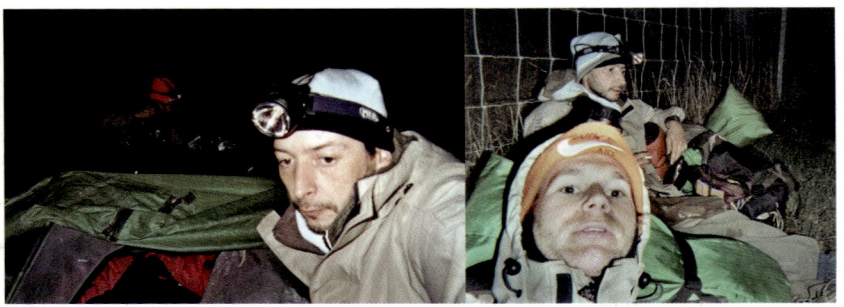

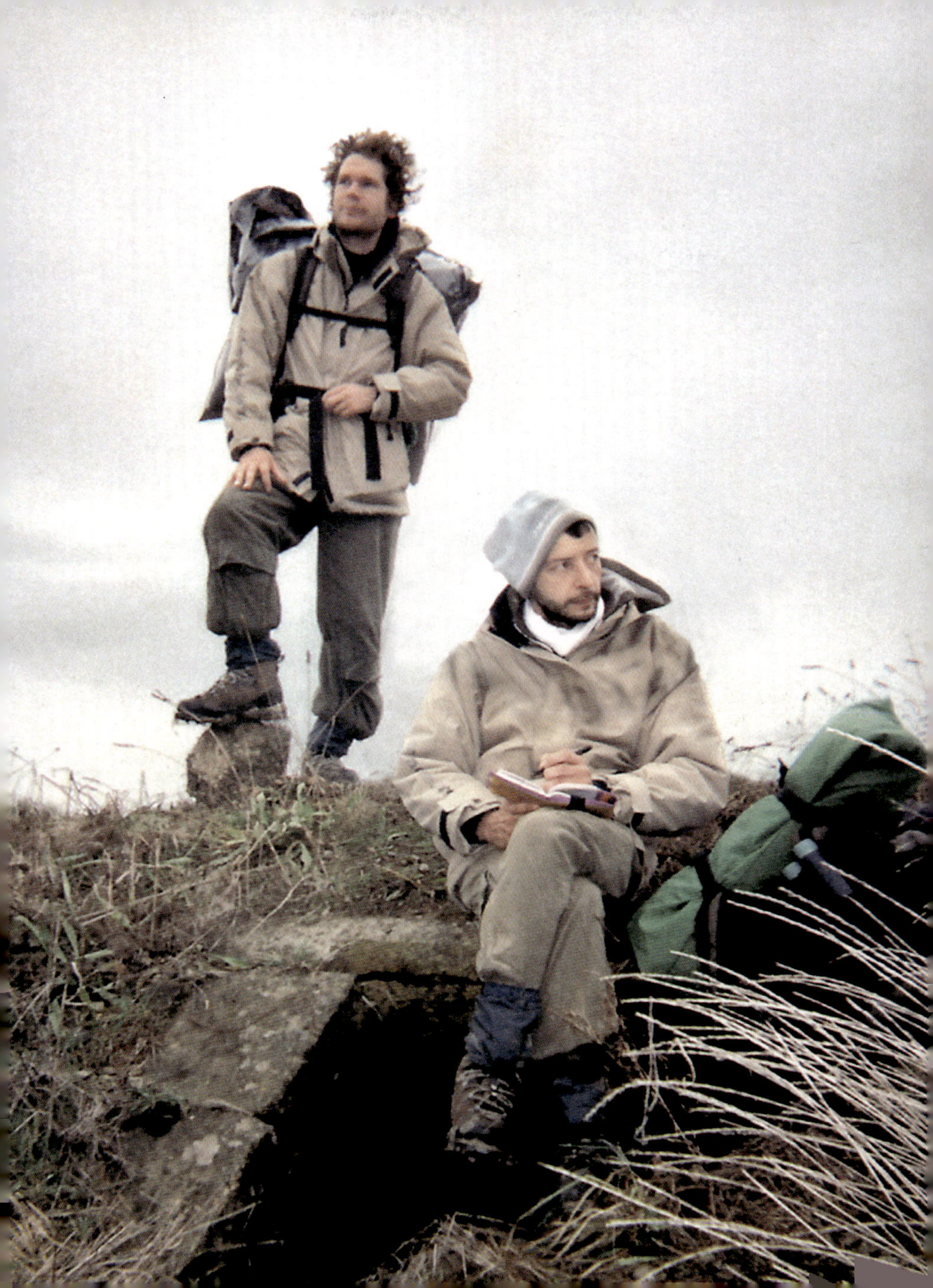

PLUS LOIN DERRIÈRE L'HORIZON

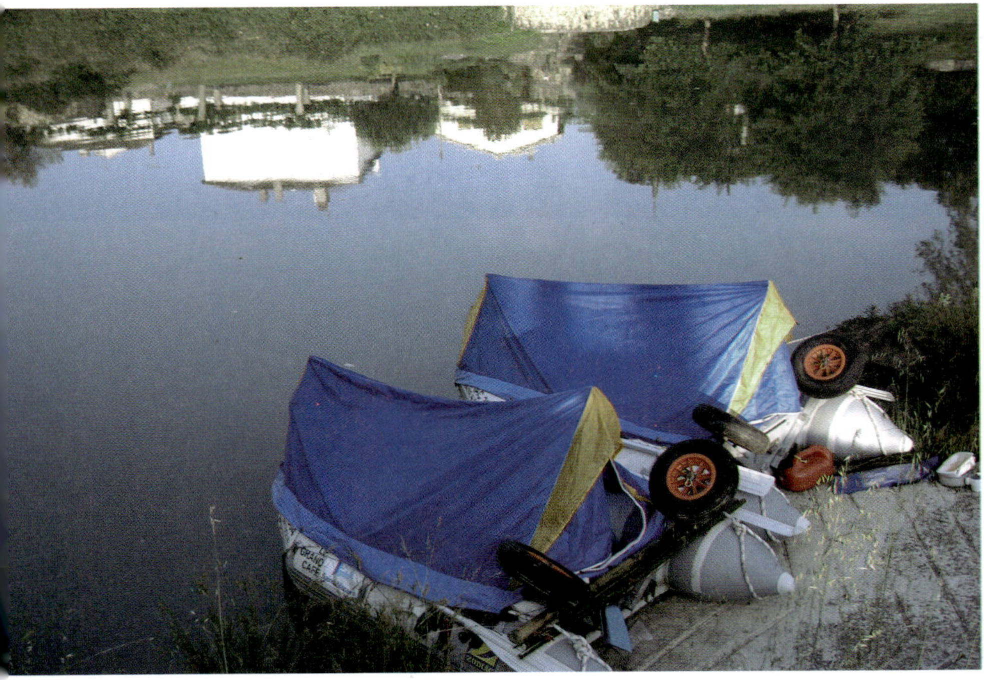
GRAND
CAFE

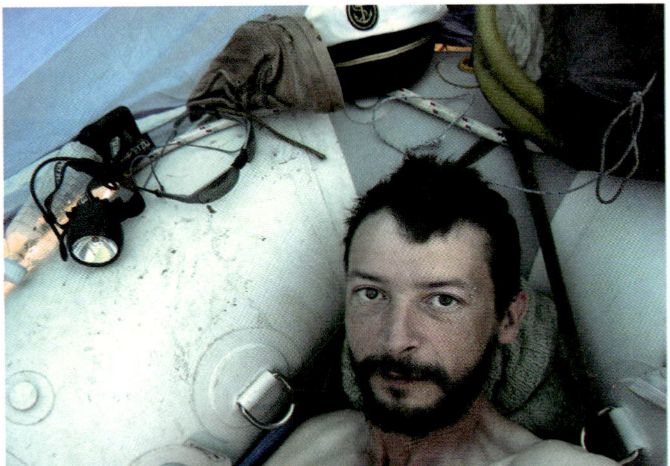

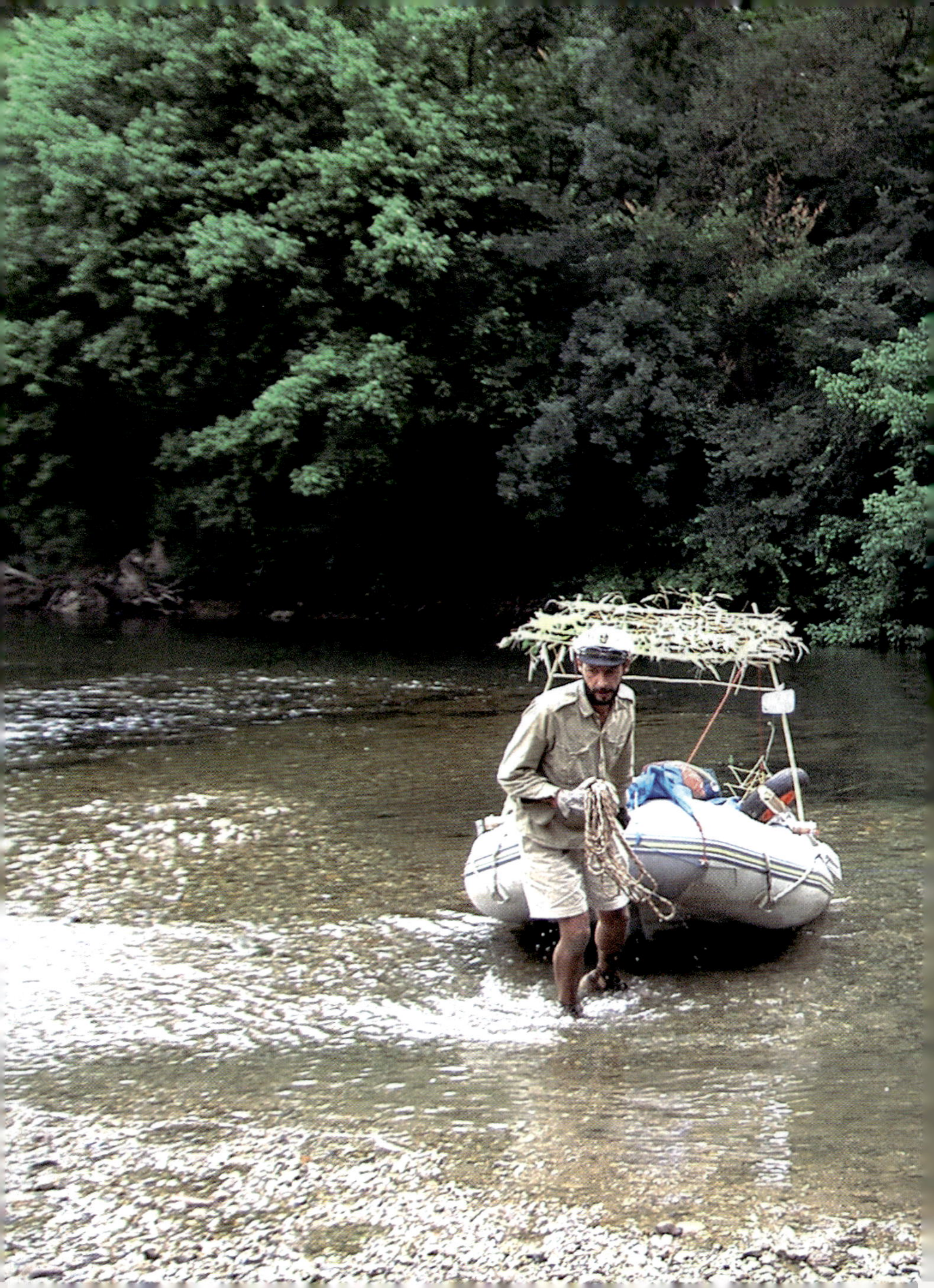

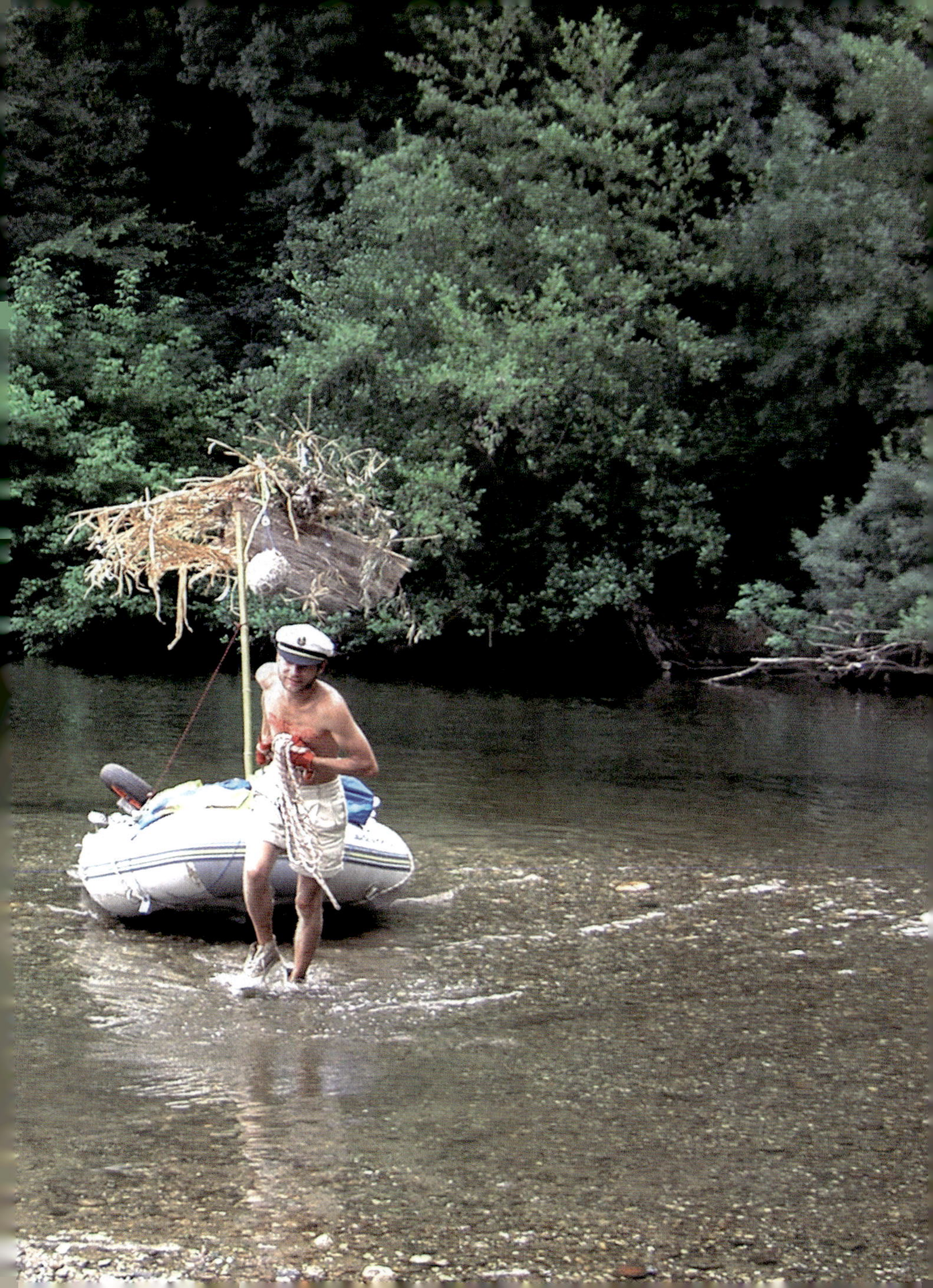

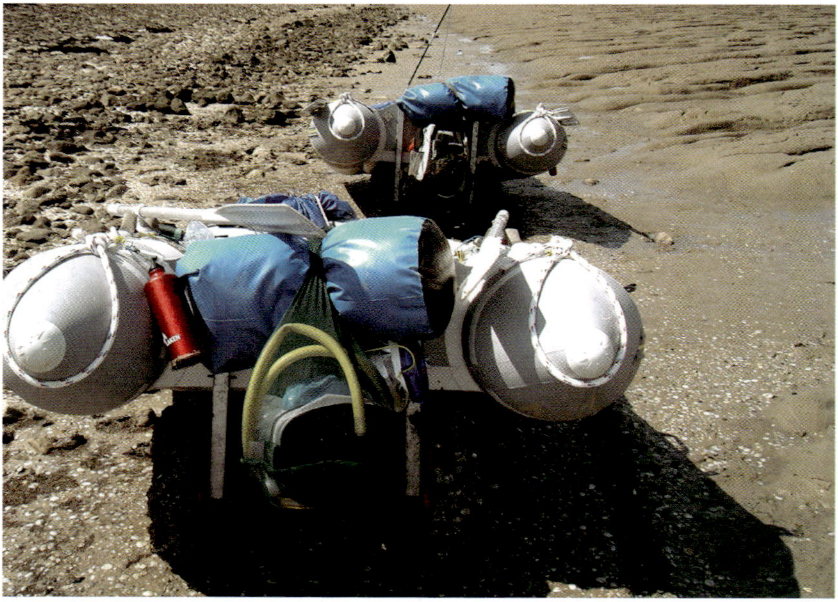

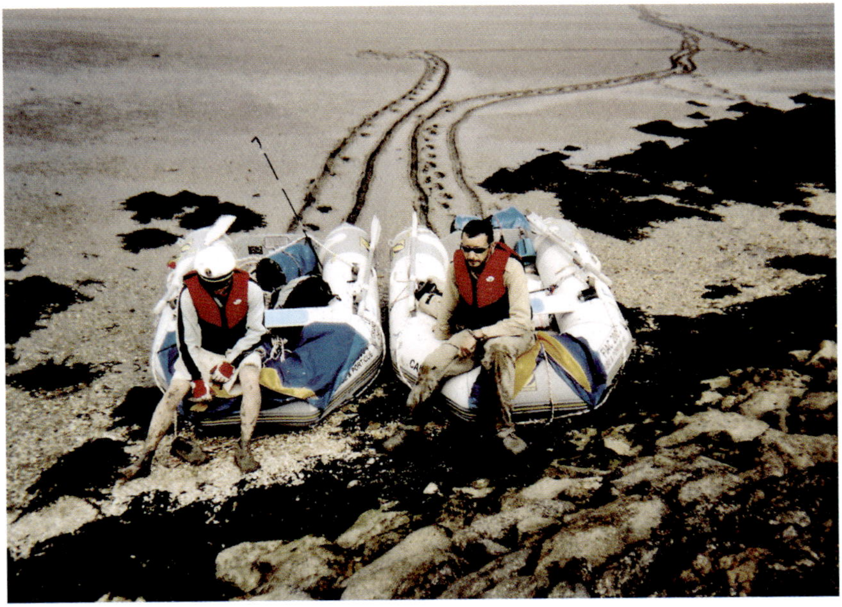

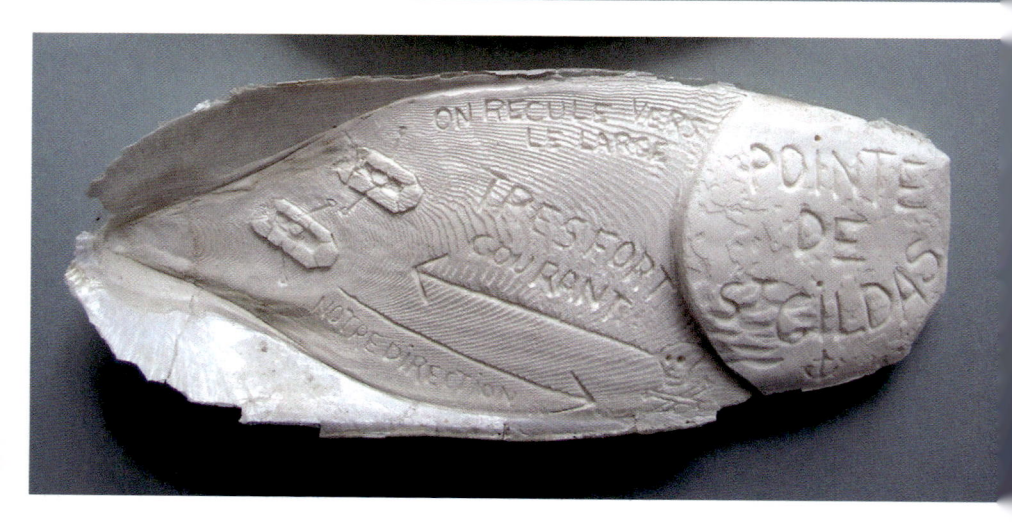

ON RECULE VERS LE LARGE
TRES FORT COURANT
NOTRE DIRECTION
POINTE DE ST GILDAS

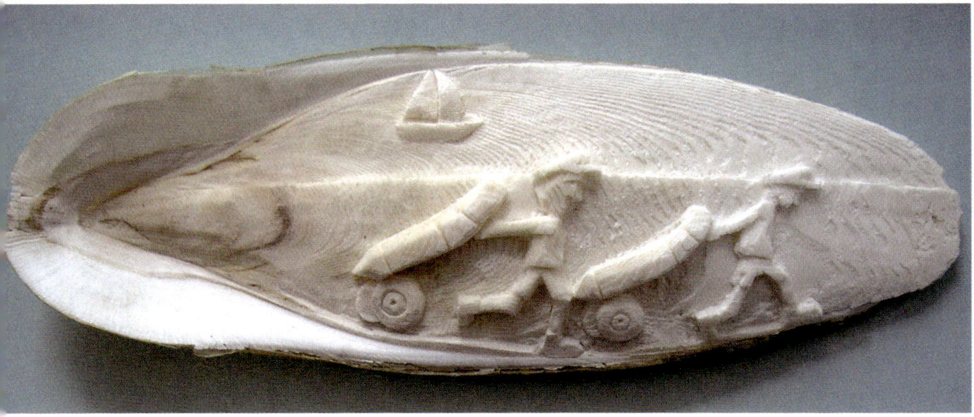

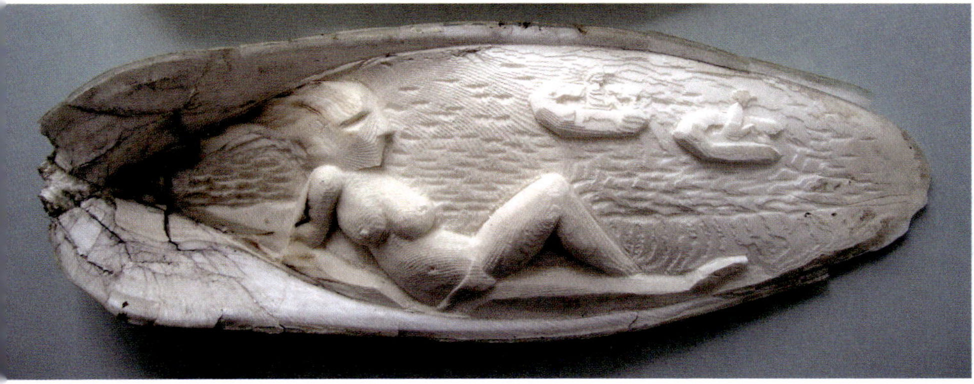

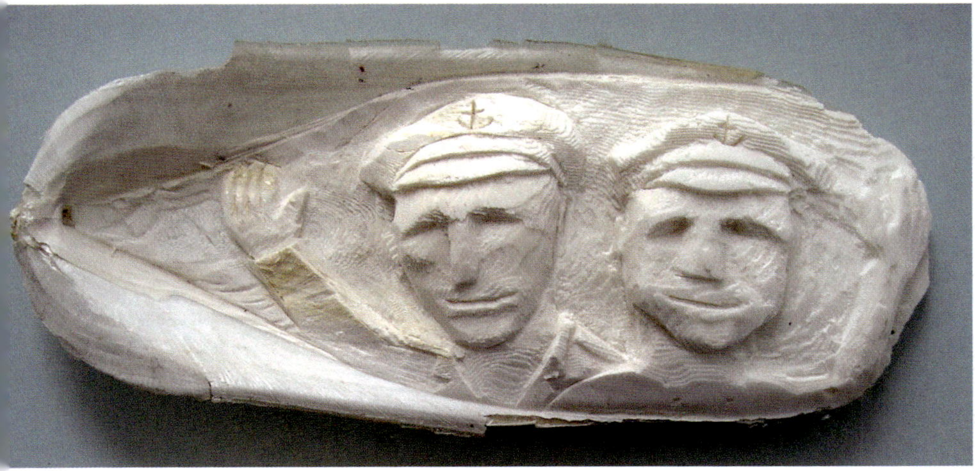

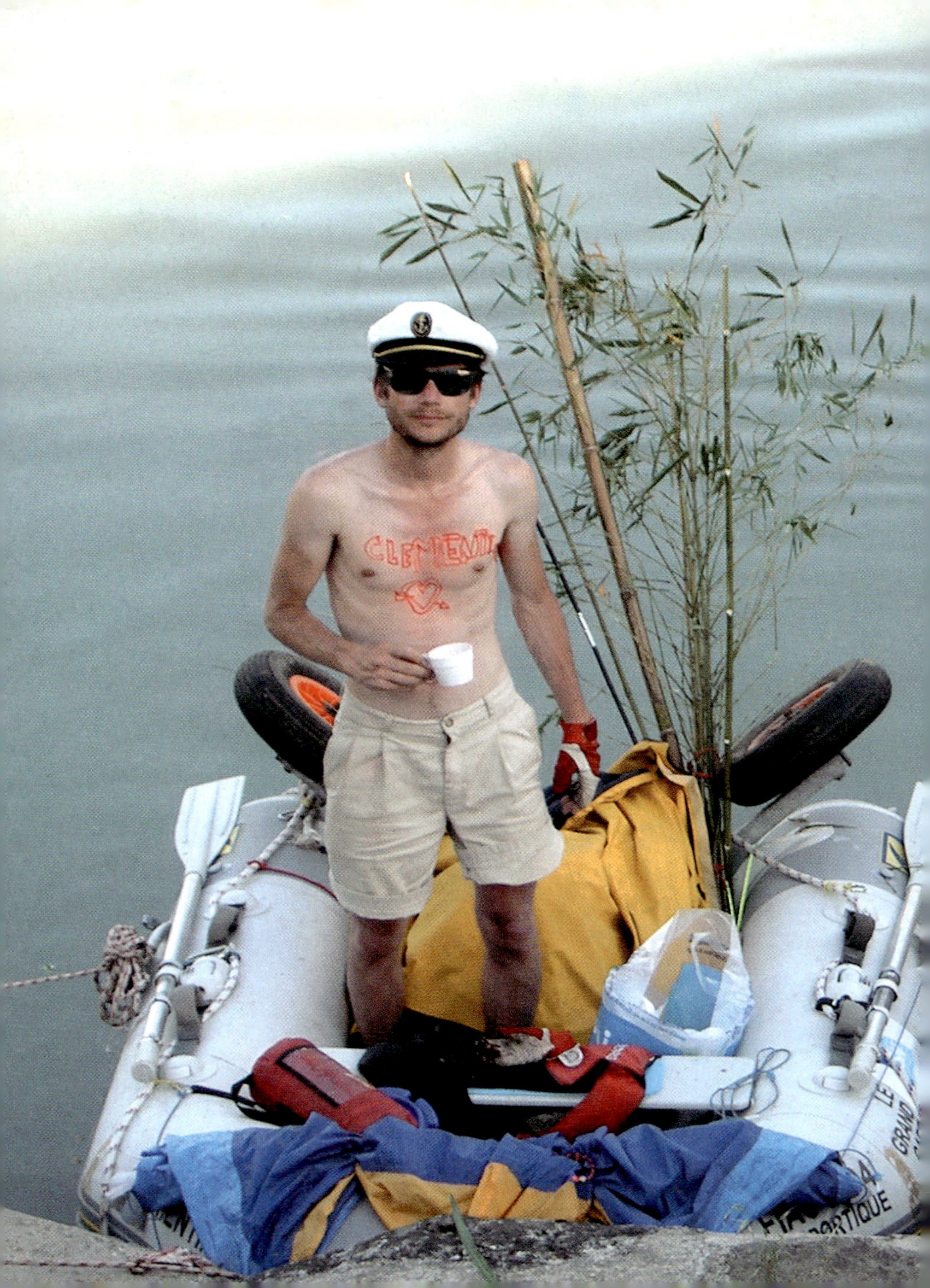

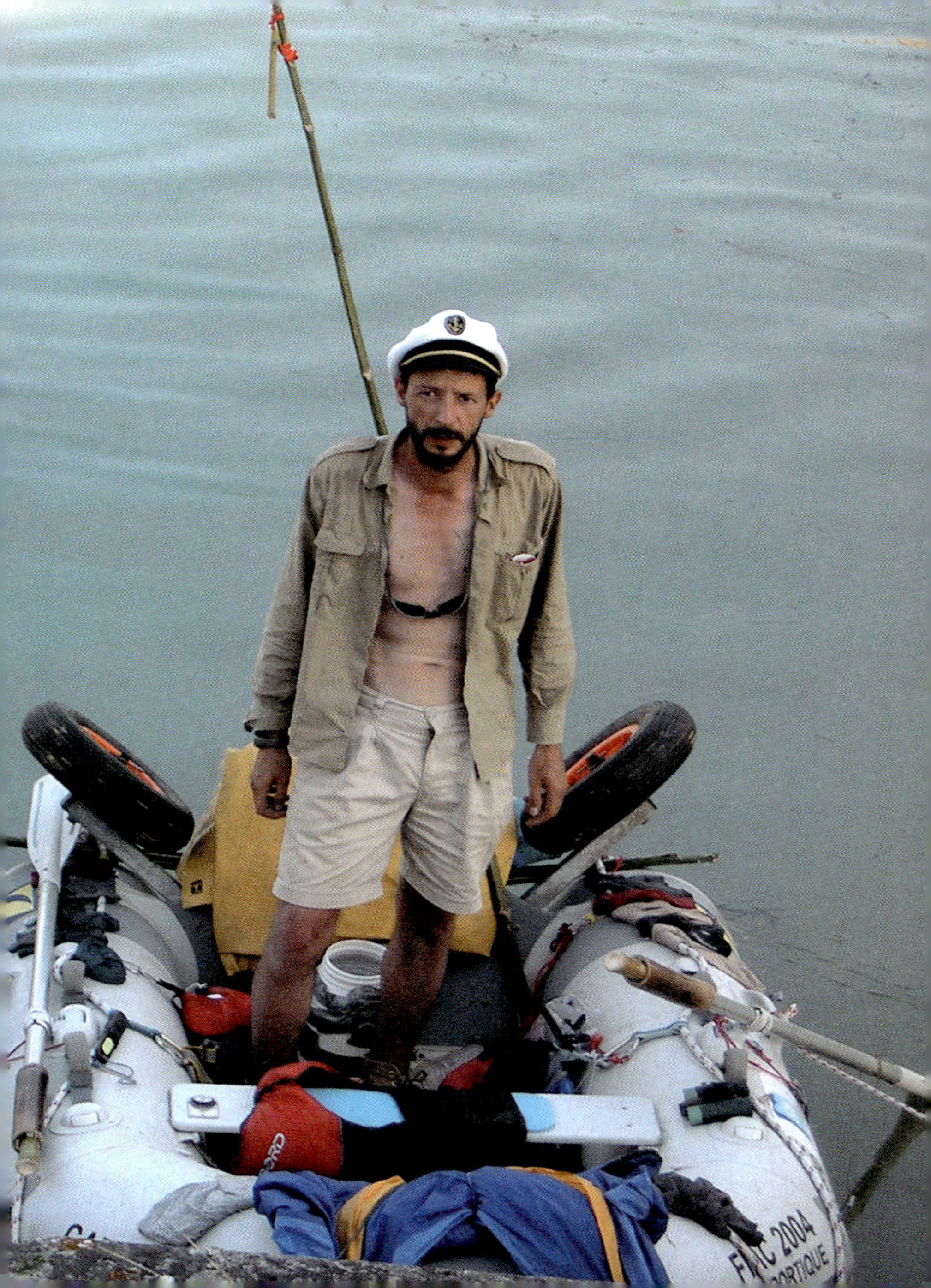

KILLINGUSAP AVATAANI

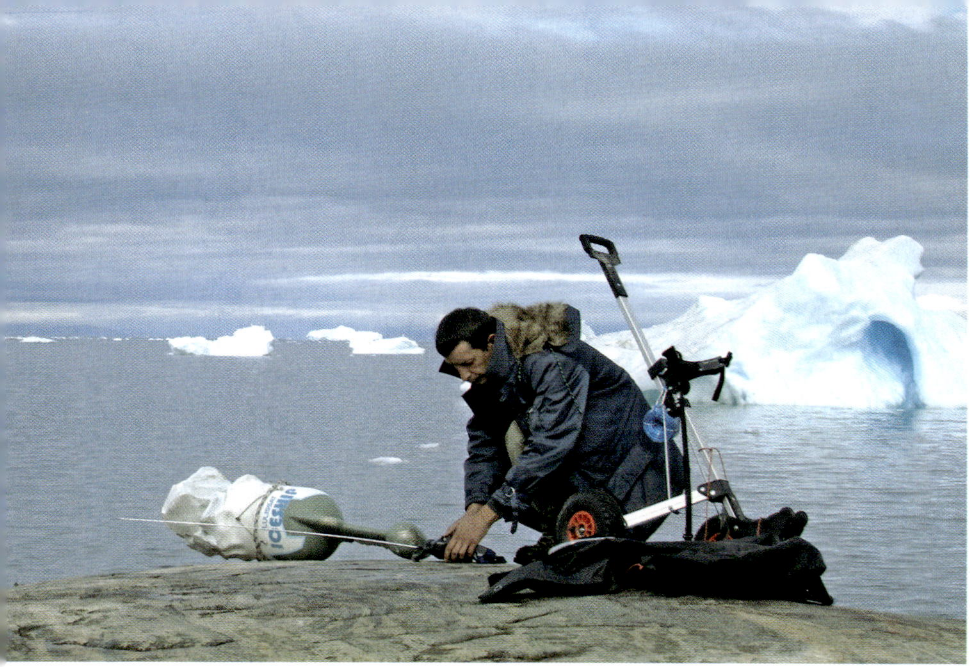

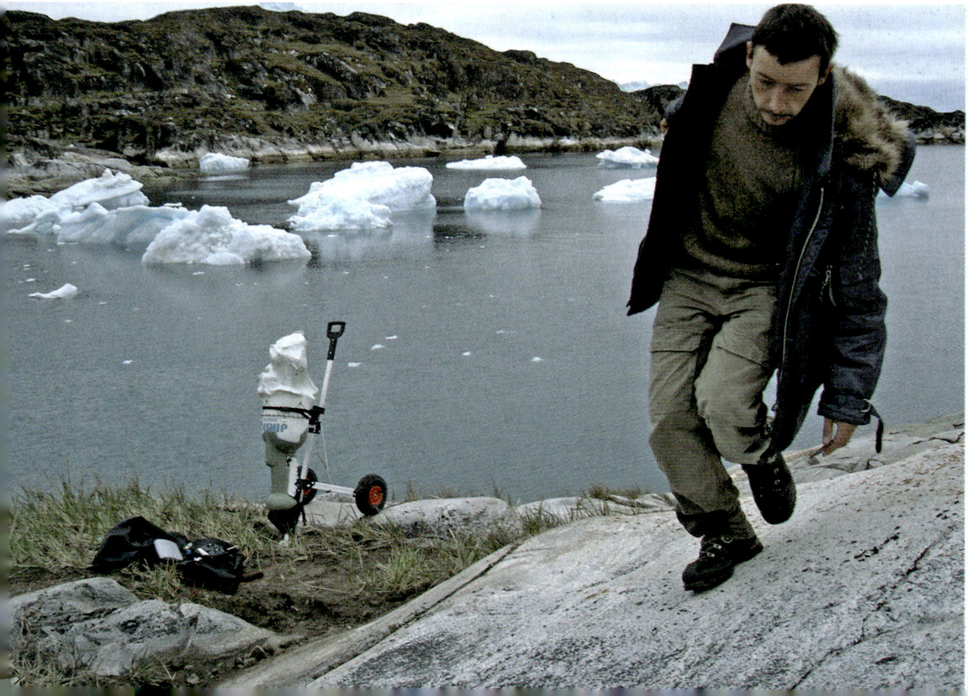

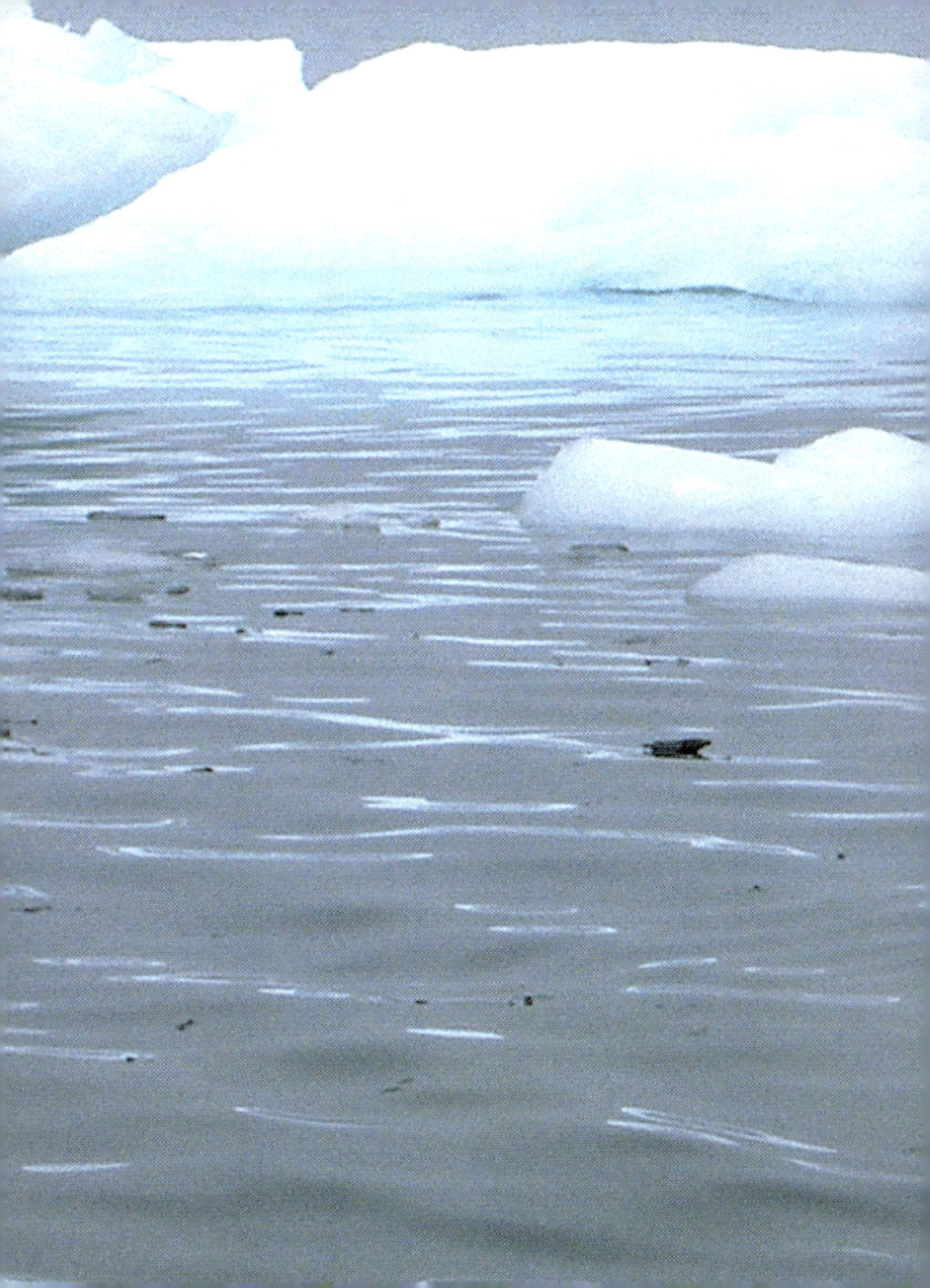

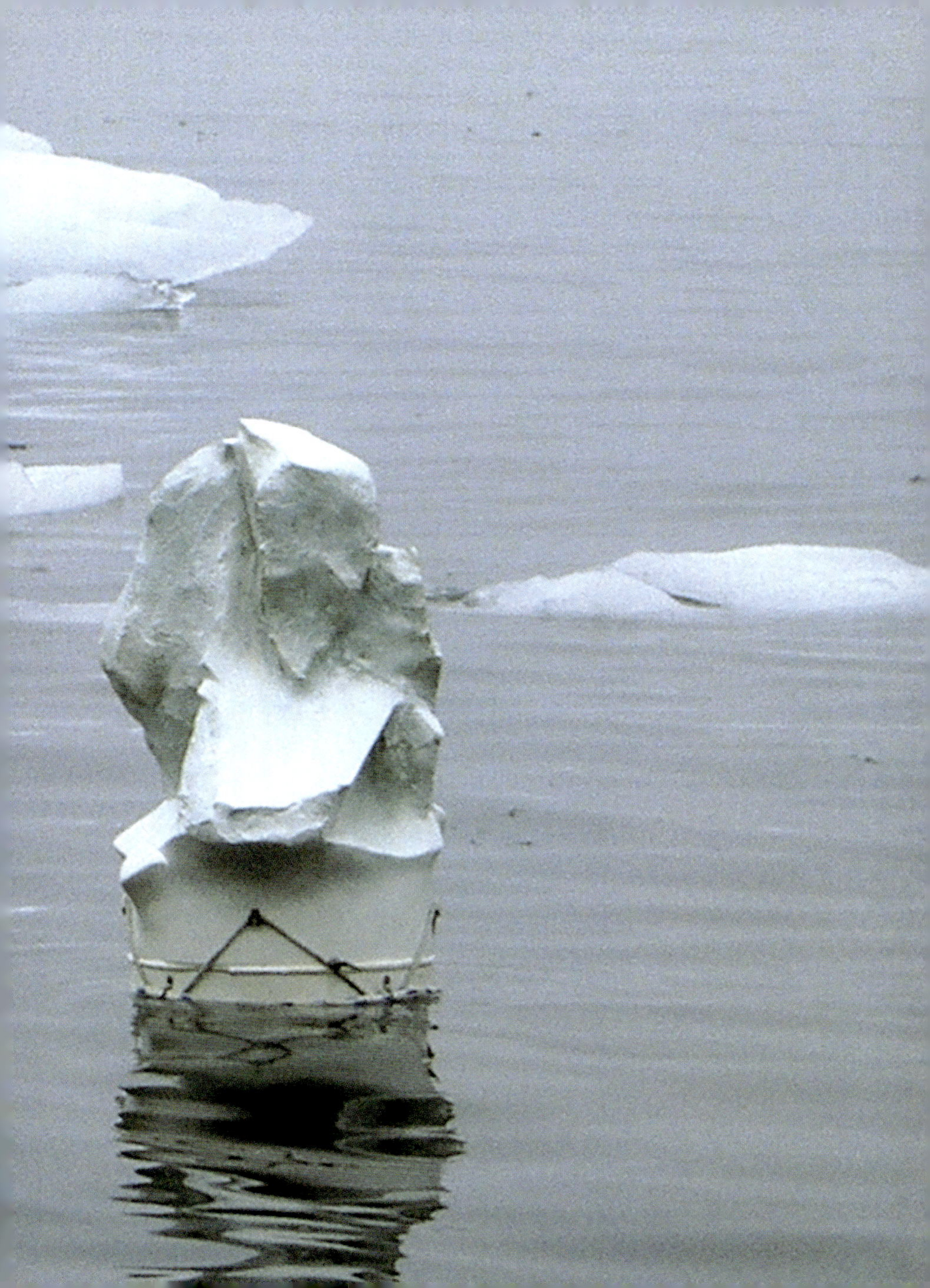

NORTH POLE

JE VOUDRAIS
ETRE
AVEC TOI

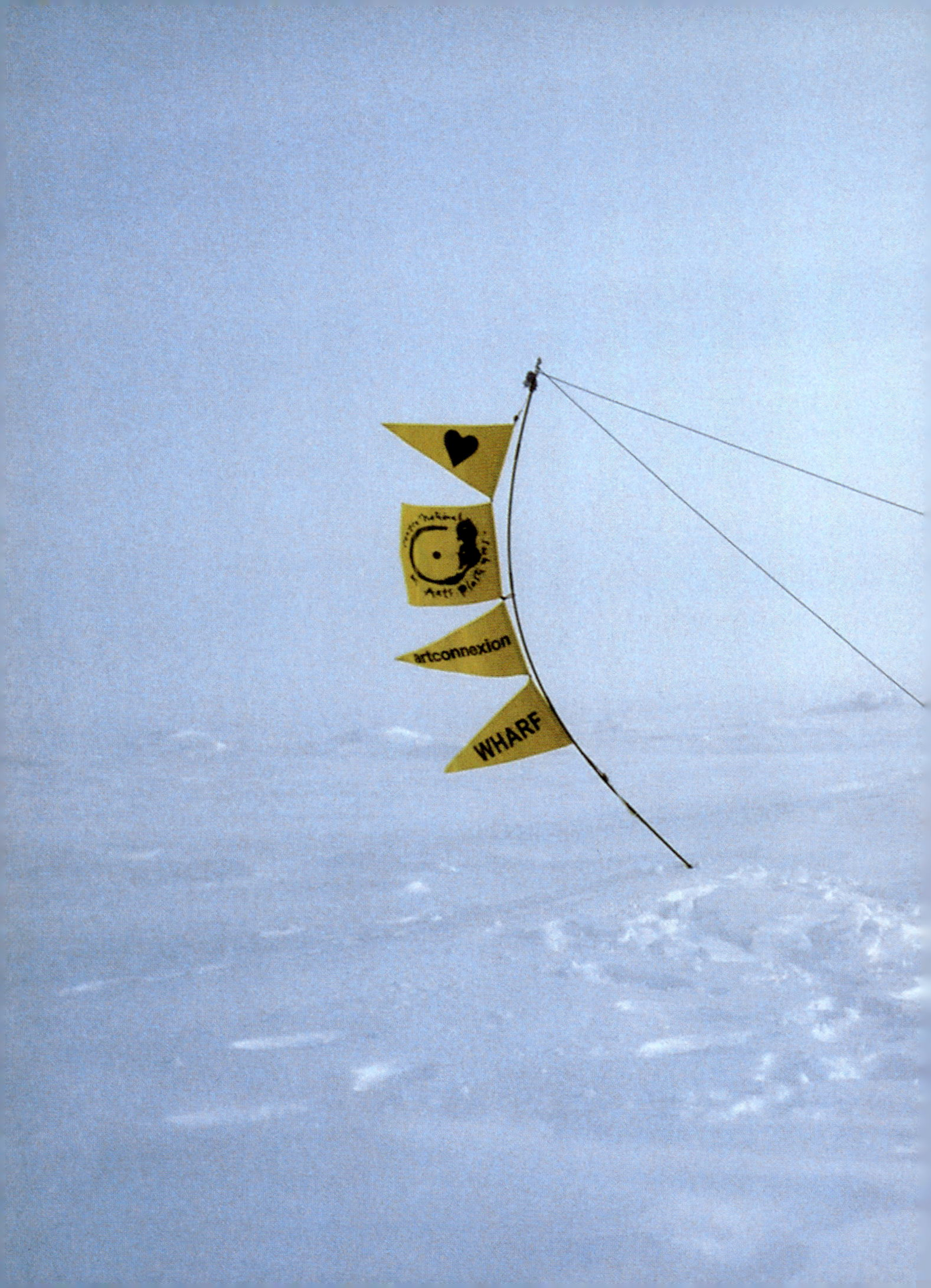
artconnexion
WHARF

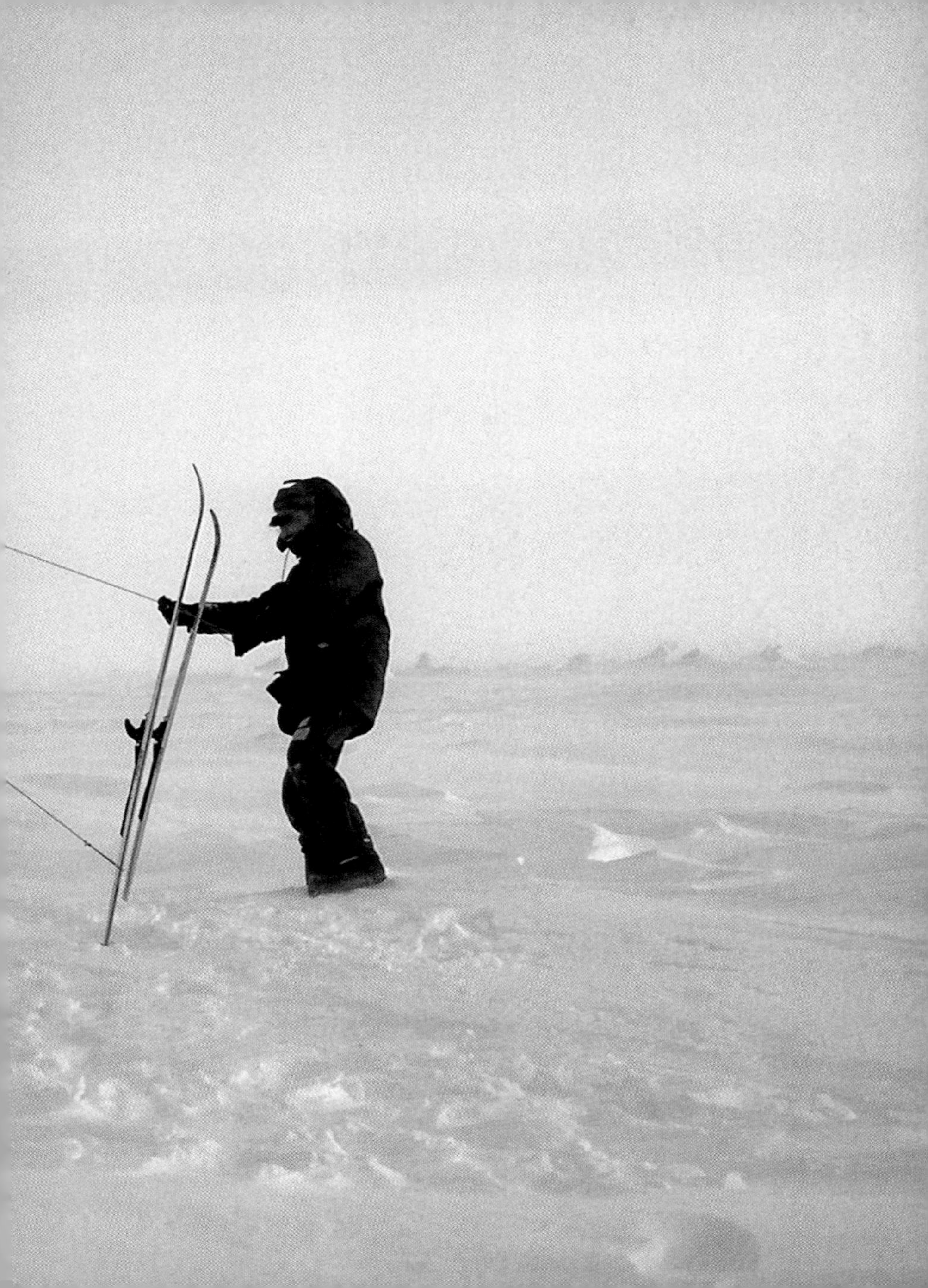

TOTAL SYMBIOSE 2

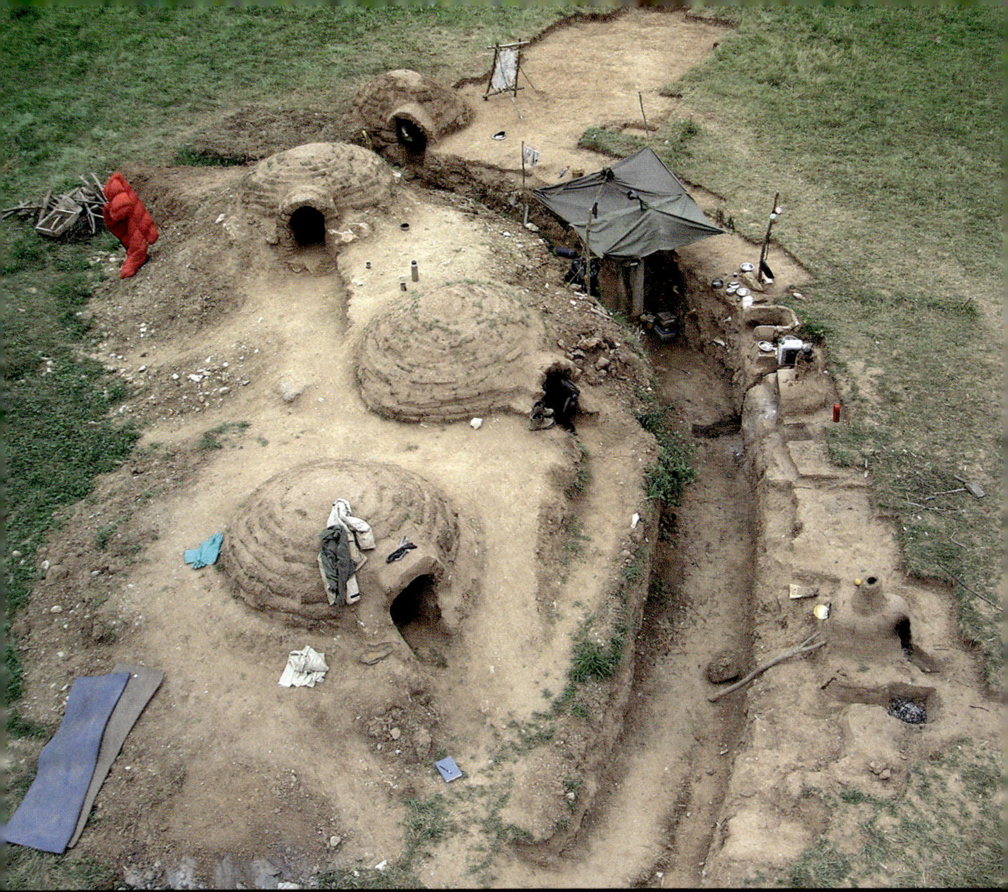

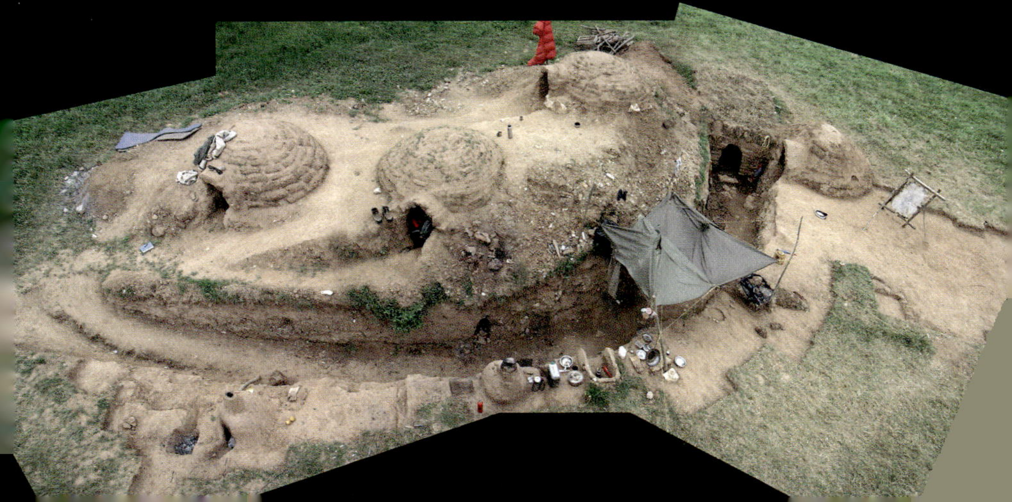

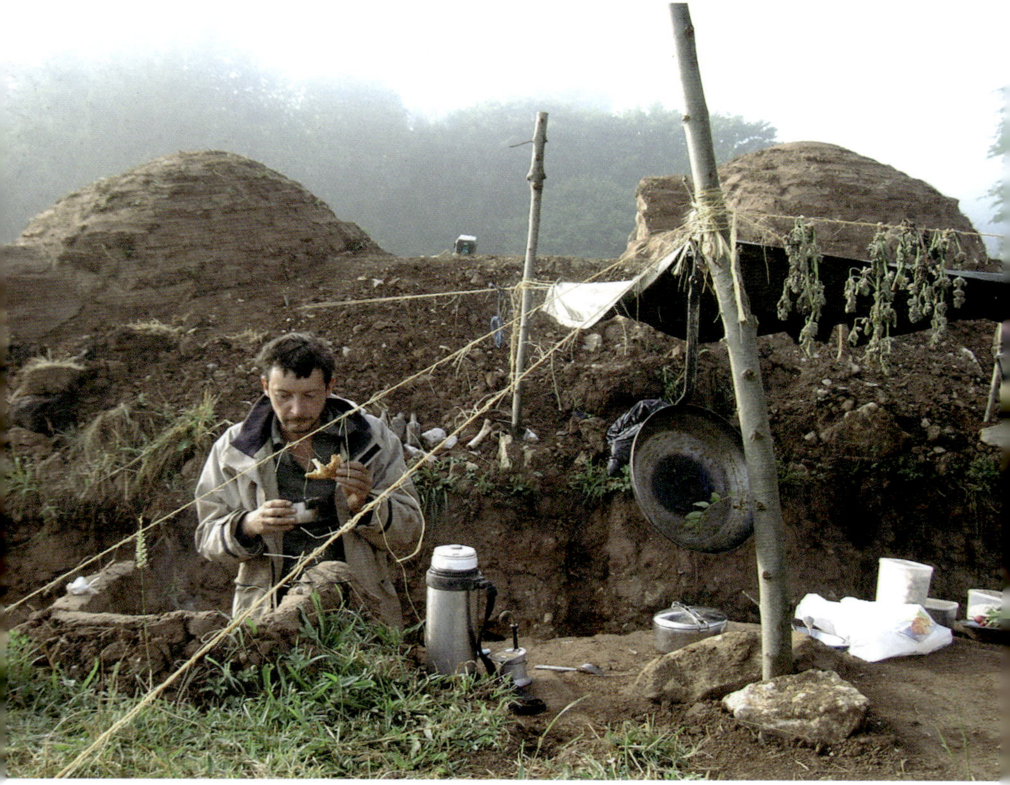

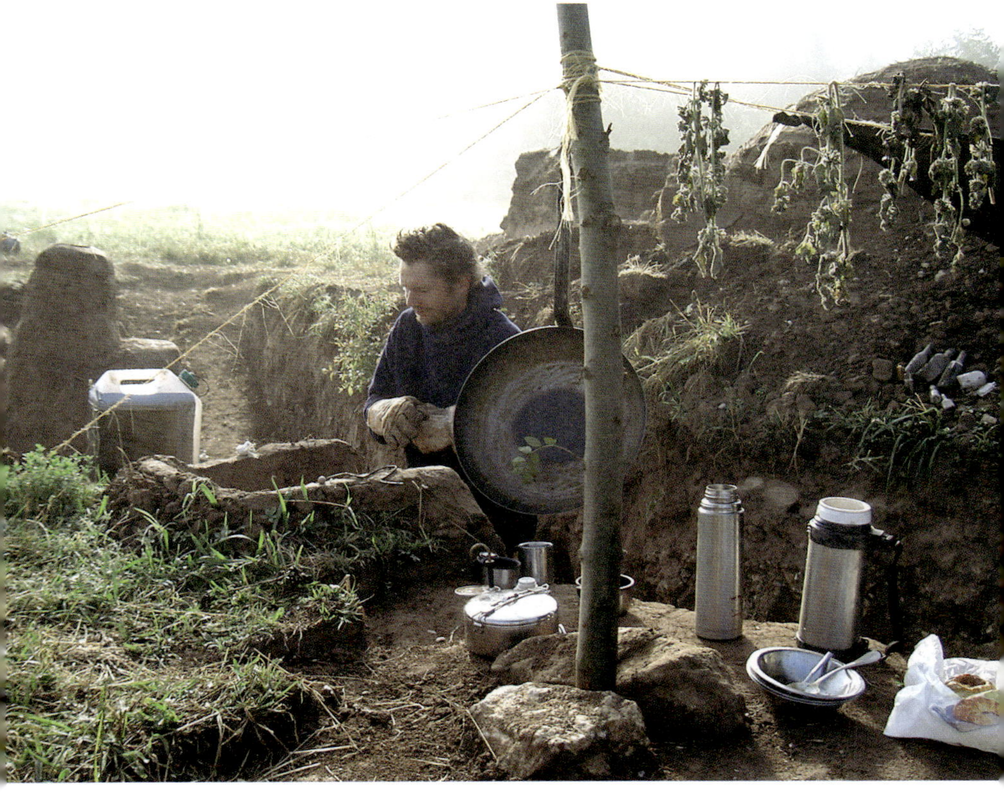

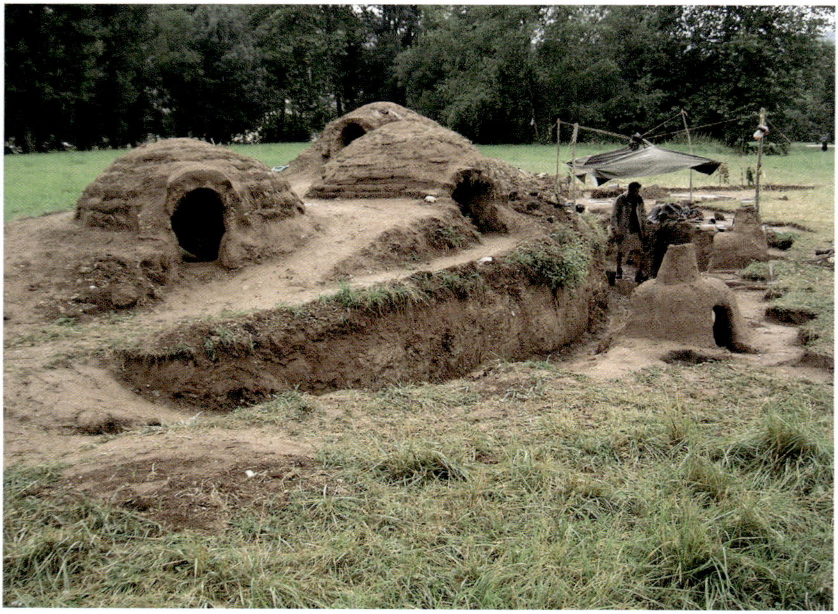

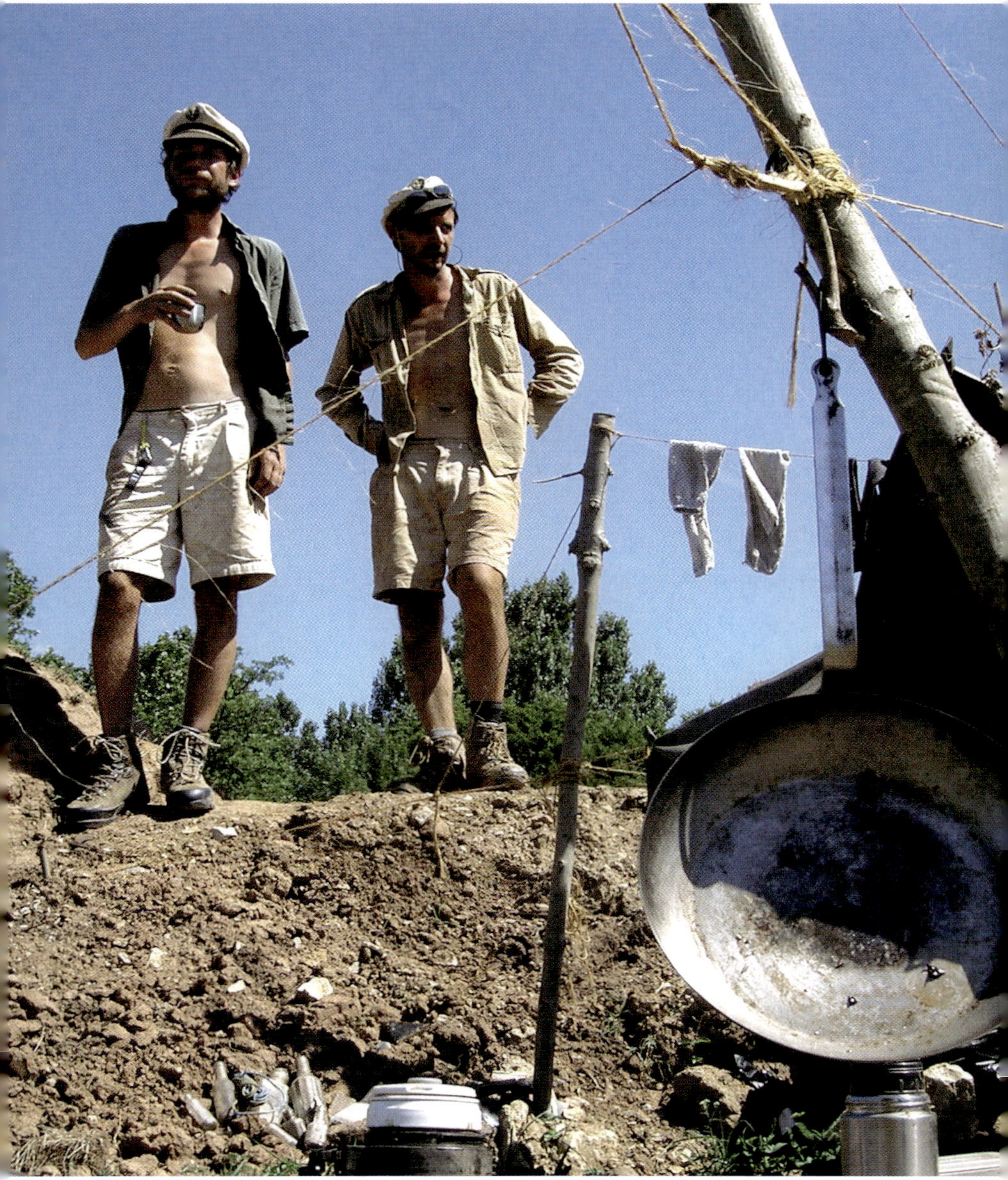

TOTAL SYMBIOSE 3

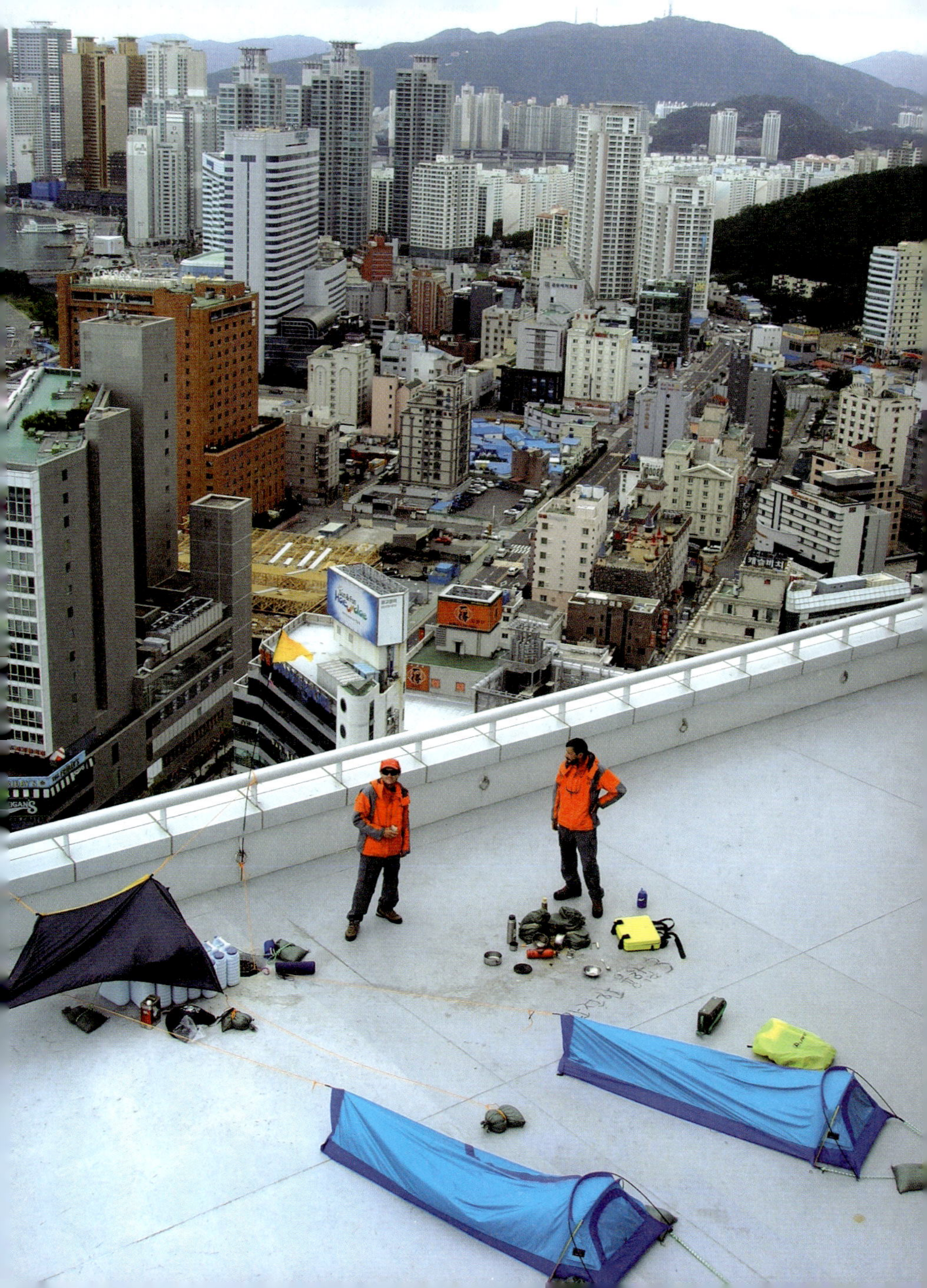

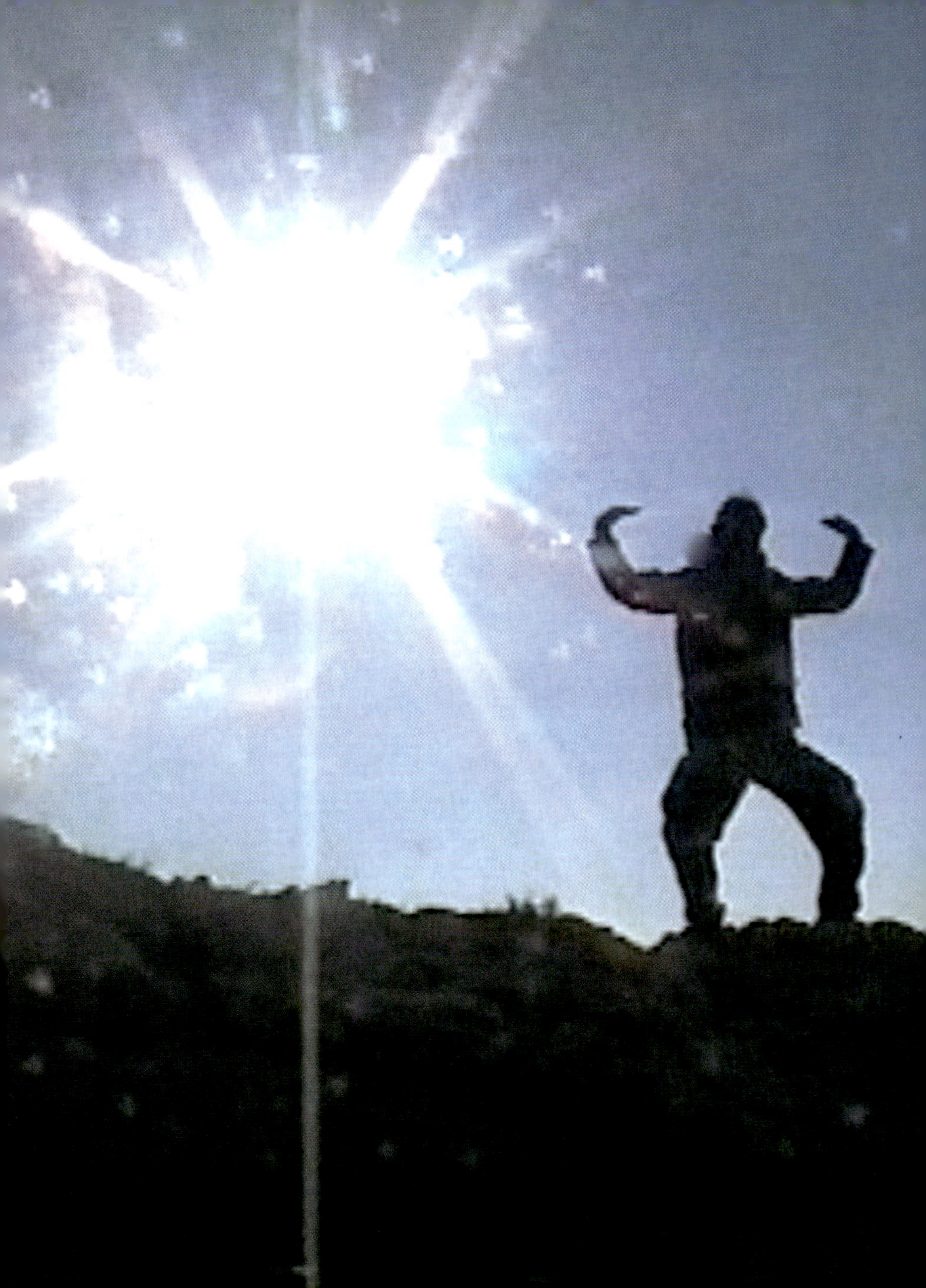

REALISABLE ☐
UTOPIQUE ☐

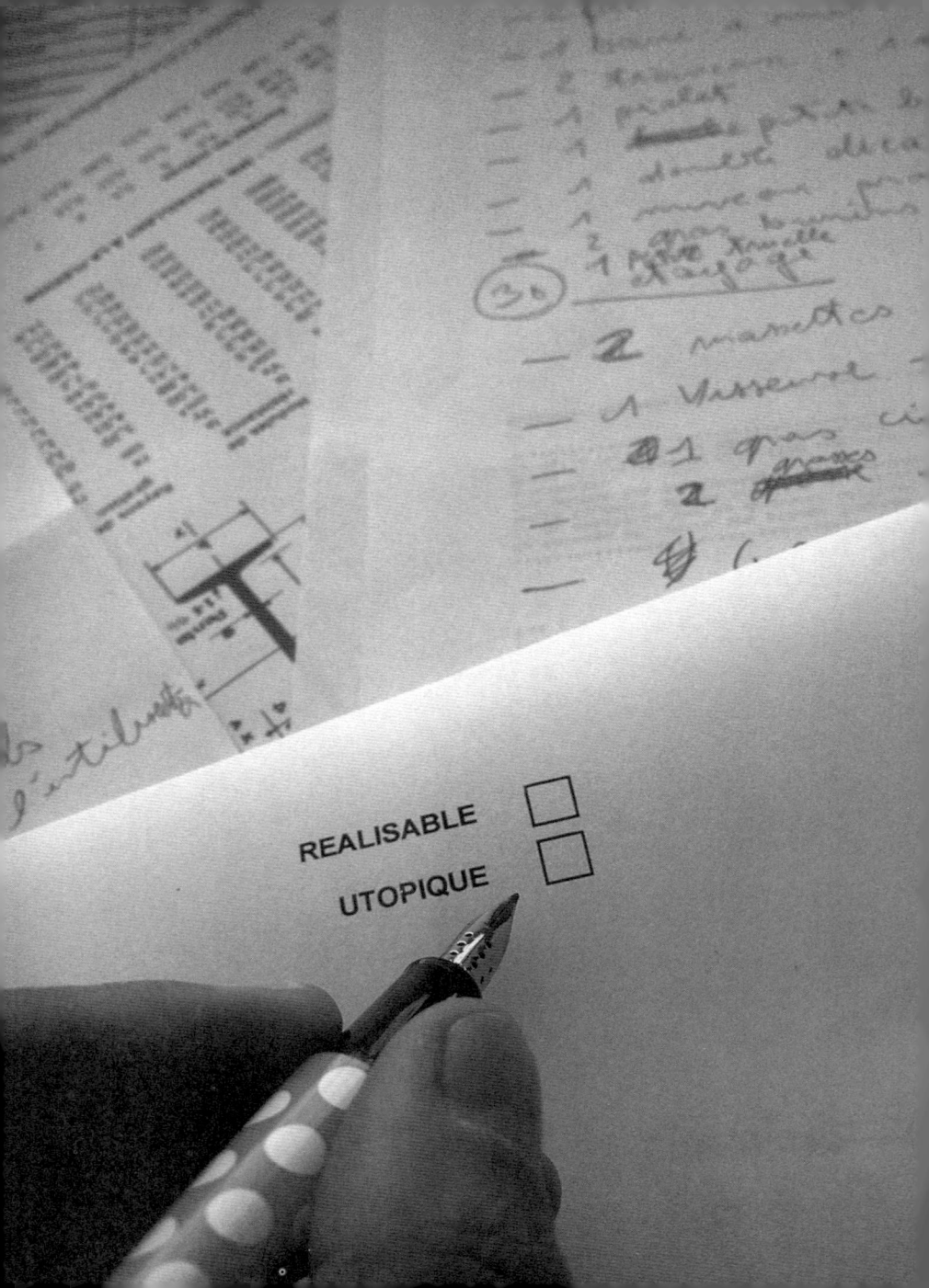

LAURENT TIXADOR
ABRAHAM POINCHEVAL

HORIZON MOINS VINGT

suivi du Journal de Pierrette

ingénieur consultant, CHARLES TOULEMONDE
sauveteur consultant, FRANCIS CROIZET
infirmière consultante, EMMANUELLE BODEVIN

Si le déplacement sous terre n'est pas quelque chose d'insurmontable (beaucoup de spéléologues et d'évadés y ont survécu), il en va autrement si on choisit de creuser son tunnel en le rebouchant derrière soi.

L'espace souterrain dans lequel nous prévoyons de nous déplacer n'est ni plus large ni plus haut qu'un boyau ordinaire, mais la terre y sera enlevée à l'avant puis déposée à l'arrière pour nous faire avancer et combler notre passage.

Ainsi démunis d'accès vers l'extérieur, nous serons claustrés dans une sorte de grotte sans amarres ou encore de *mobile home* troglodyte. Le voyage est prévu pour une durée de vingt jours au rythme de progression d'un mètre quotidien.

La galerie devra être creusée, dans un premier temps, au départ d'une tranchée, jusqu'à ce que l'espace soit suffisamment long pour être fermé. À partir de ce moment, les proportions initiales tenant compte de la mouture du déblai et de l'encombrement en matériel se réduiront petit à petit pendant la progression. Si nos calculs sont exacts, le volume qui nous restera à l'arrivée sera encore suffisant.

Comme il n'y a jamais eu de tentative similaire, on ne peut pas profiter du récit d'une exploration antérieure et la préparation doit être des plus rigoureuse. Soyons rationnels car rien ne pourra être laissé au hasard et il ne sera possible de compter sur aucun ravitaillement extérieur.

L'étayage pose un problème délicat et essentiel car tout le boisage utilisé pendant le parcours devra être embarqué dès le départ et stocké dans le tunnel. Il faut d'un côté qu'il soit suffisamment robuste et de l'autre peu encombrant.

Pour les transversales, la solution de l'IPN en bois a été retenue. Fabriqués à partir de planches d'une section de 3 x 10 cm, ils auront une épaisseur de 16 cm pour une largeur de 10 cm, ce qui leur confèrera une bonne rigidité pour la longueur utilisée et un rangement avantageux grâce à la possibilité d'emboîtement sur le sol. Le profil du tunnel étant un trapèze de 188 cm à la base pour un plafond large de 138 cm et haut de 169 cm, les pièces d'étai embarquées auront des longueurs de 170 et 132 cm (fig. 1). Elles seront montées, au fur et à mesure de la progression, tous les 70 cm. Les planches de parement destinées à retenir la terre entre chaque transversale couvriront largement cet espace puisqu'elles auront une longueur de 90 cm pour une section identique de 3 x 10 cm. Deux d'entre elles seront vissées aux extrémités pour maintenir la rigidité de l'ensemble. Leur stockage sera rendu facile sur la paroi car elles pourront être emboîtées par lots de trois, en chevrons dans les IPN déjà posés (fig. 2). Une autre partie du stock constituera un plancher mobile couvrant le boisage de réserve. Il faudra préparer l'emboîtement des transversales au fur et à mesure pour ne pas être surpris par de légères différences de dimensions et utiliser les chutes pour faire des piétements. L'assemblage ne pouvant se faire que par un seul côté exclut l'utilisation de boulons et d'écrous. Les pièces seront fixées par des vis cruciformes de 5 x 70 mm.

Pour une longueur de 5 m de tunnel, il faudra prévoir 14 longueurs d'IPN de 170 cm, 7 longueurs d'IPN de 132 cm, 120 longueurs de planches de parement de 90 cm et — pour trois vis par point de fixation des transversales, plus huit par section de parement — 94 vis.

Le profil du tunnel sous parement, sans prendre en compte le bois entreposé sur le sol, sera un trapèze de 150 cm de hauteur pour un plafond large de 100 cm et une embase de 150 cm. Avec le bois stocké au sol, on doit réduire la hauteur de 19,5 cm.

ENCOMBREMENT DES ÉTAIS DE RÉSERVE

En faisant des paquets de 14 pièces d'IPN sur deux hauteurs, on obtient une largeur de 128 cm pour une hauteur de 19,5 cm. Comme il ne faut qu'un seul linteau pour deux montants, on alternera un ensemble de 170 cm avec un autre de 132 cm.

Pour 10 m de tunnel, il faudra 28 montants et 14 linteaux que l'on peut ranger au sol de cette manière sur 4,70 m.

240 planches de parement viendront s'y ajouter. Elles seront distribuées dans les interstices au sol puis en 4 hauteurs de chevrons sur les cloisons et en plancher.

Interstices sur 4,70 m = 45 planches
Cloisons sur 5 m = 144 planches
Plancher sur 5 m = 47 planches
Reste 4 à coincer n'importe où (fig. 3).

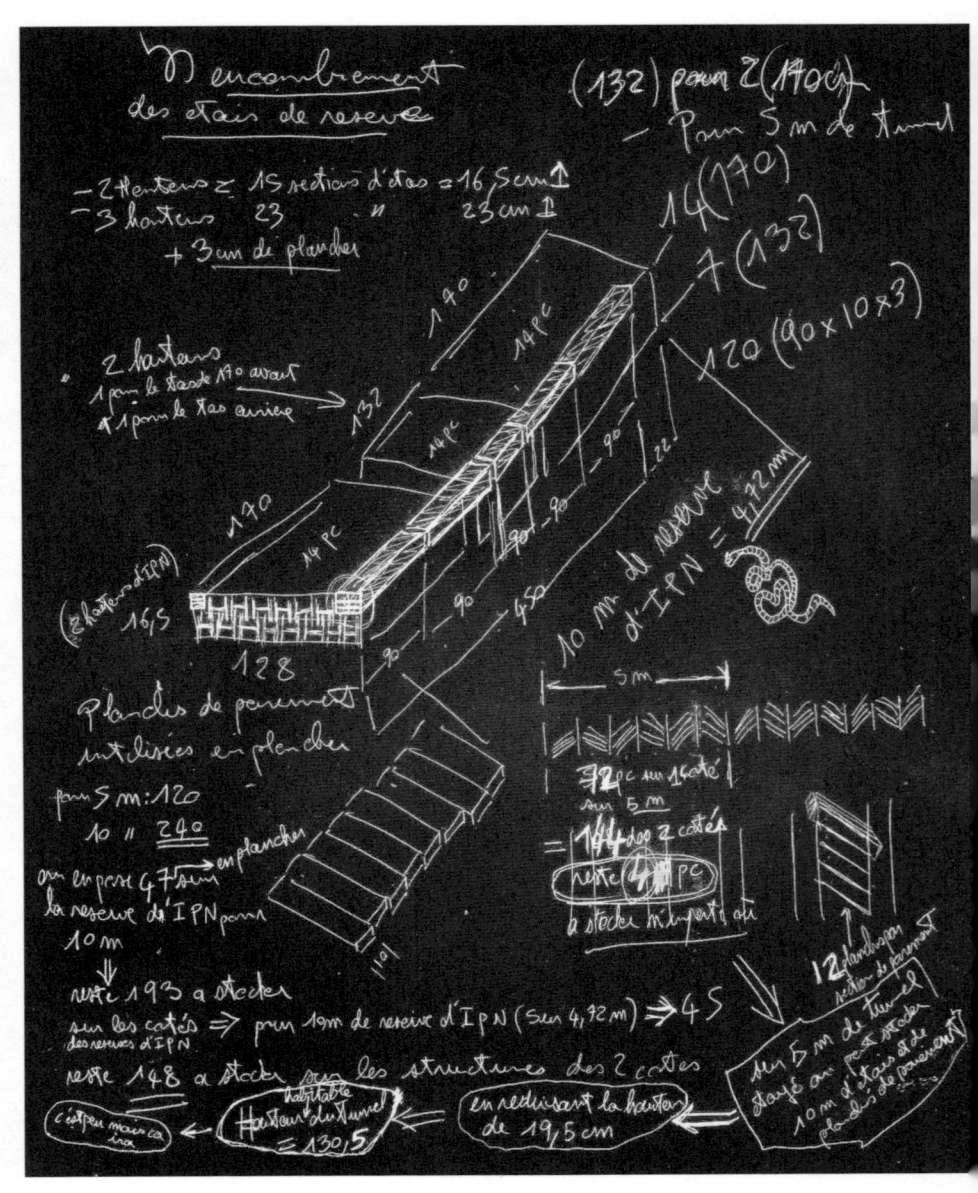

Fig. 3

POMPES

D'après des recherches menées par l'INRS*, il faut à quelqu'un faisant un travail manuel soutenu 60 m³ d'air frais par heure. Il sera donc nécessaire d'insuffler artificiellement pour deux personnes 120 m³/h d'air et d'évacuer les gaz carboniques nuit et jour dans le tunnel puisqu'il n'y aura aucun accès libre. Trois pompes sont prévues à cet effet en surface. Elles seront entreposées dans des cabanes de chantier individuelles pour ne pas créer une circulation en boucle. Une première est destinée à faire arriver l'air en haut et au fond du tunnel, côté front de taille. La seconde, prévue pour l'extraction, évacuera l'air vicié au sol côté déblai et sera équipée d'une hotte aspirante pour la cuisine et les gaz de combustion du réchaud (fig. 4 et 5). Une troisième enfin permettra suivant un rythme régulier de faire s'alterner les pompes en fonctionnement pour ménager les moteurs. Un gardiennage permanent est indispensable ainsi qu'une alarme directement branchée sur les tuyaux en surface et sous terre. En cas de panne d'une des pompes, la seconde doit suffire pour renouveler l'air dans le tunnel pendant le temps des réparations.

L'air parviendra dans le tunnel par le biais de tuyaux PVC rigides de 60 mm de diamètre. Des sections de 2 m équipées de raccordements seront emportées en nombre suffisant pour couvrir la totalité du trajet. Elles seront bouchées par un film de protection pour le stockage dans le tunnel.

Il sera indispensable de se munir d'un détecteur servant à mesurer la teneur en gaz carbonique et oxyde de carbone.

* Institut national de recherche et de sécurité pour la prévention des accidents du travail et des maladies professionnelles.

Deux traîneaux de 40 litres sont conçus à cet effet (fig. 6). Munis de patins en plastique et de poignées en corde, ils assureront la navette entre l'avant et l'arrière du tunnel en passant sur le plancher formé par le boisage de réserve.

Côté front de taille, leur forme et leur dimension permettront de faire tomber le déblai directement dans l'un d'entre eux pendant que le second fera le trajet vers le fond. De ce côté, on déposera la terre en pente douce afin de faciliter l'évacuation en hauteur et surtout, grâce au passage, de la tasser pour réduire son effet de mouture (fig. 7).

Une sangle amovible facilitera le transport (fig. 8).

RATIONNEMENT, CONDITIONNEMENT ET TRANSPORT DES PROVISIONS

À chacun des vingt jours prévus correspondra une caisse de 22 x 34 x 52 cm contenant une réserve d'eau et de nourriture reconditionnée dans des sacs individuels (fig. 9). Les proportions de ces caisses sont calculées pour offrir une large diversité de hauteurs afin de servir à de nombreux emplois de calage ou de construction. Elles seront munies de poignées en corde et de patins. Le contreplaqué dont elles seront faites pourra éventuellement être réemployé si le besoin s'en fait sentir. Chacune d'entre elles portant sa date de consommation sur le couvercle, elles feront également office de calendrier.

Les repas contenus seront étudiés pour être équilibrés, variés et de couleurs agréables pour attiser l'appétit. Des cadeaux-surprises pourront êtres disséminés parmi le contenu et les fongibles types ampoules, carburant pour le réchaud, papier toilette seront répartis au rythme de leur utilisation (fig.10).

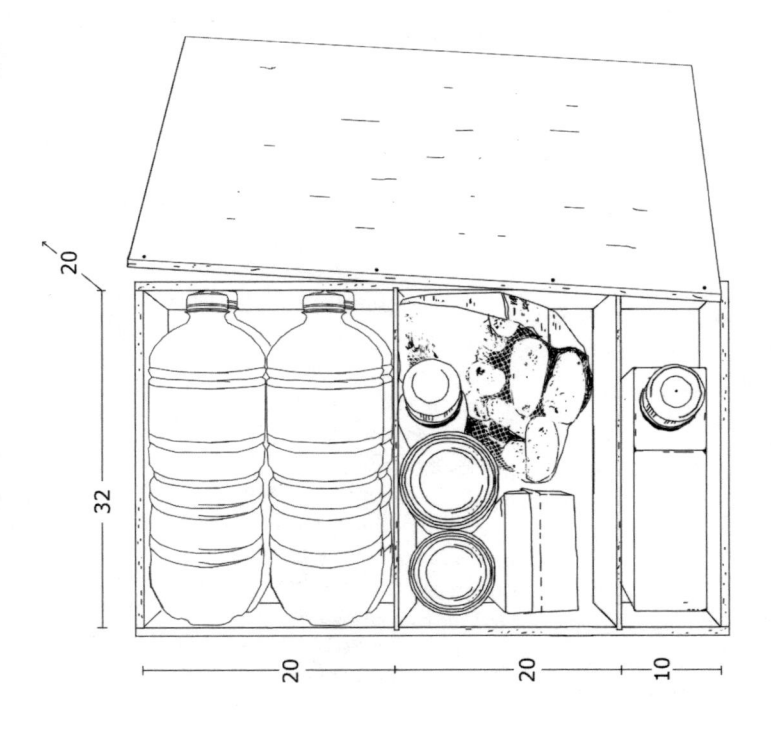

Fig. 10

Worsley's miraculous navigation, the little *James Caird* [...] impeccable line across 800 miles of stormy souther[n ...] Shackleton remaining imperturbable while above him Europ[e ...] tured like pack-ice – almost all of these stories resulted in deat[h] or mutilation of some sort. I liked these grisly details. In some of the polar stories barely a page went by without the loss of a crew member or a body part. Occasionally crew member meant body part. Scurvy ravaged the explorers as well, destabilizing the flesh so that it fell from bones like wet biscuit. One man was so badly afflicted that blood seeped from pores all over his body.

There was also something about the setting of these stories, the stages on which they took place, which stirred me profoundly. I was attracted by the bleakness of the places these men got to – the parsimony of the landscapes of mountain and pole, with their austere, Manichean colour scheme of black and white. The human values in the stories were polarized, too. Bravery and cowardice, rest and exertion, danger and safety, right and wrong: the unforgiving nature of the environment sorted everything into these neat binaries. I wanted my life to be this clear in its lines, this simple in its priorities.

I came to love them, these men: the polar explorers with their sledges, their songs and their soft spot for penguins; and the mountaineers with their pipes, their insouciance and their unfeasible stamina. I loved how inconsistent their rough appearance – their indestructible tweed breetches, their bristling mutton-chops and moustaches, the silk and the bear grease with which they insulated themselves against the cold – seemed to be with their almost fastidious sensitivity to the beauties of the landscapes they moved in. Then there was the combination of aristocratic finickiness (the sixty tins of quail in *foie gras*, the bow-ties and the vintage Montebello champagne that were carried on the 1924 Everest expedition, for example) with enormous hardihood. And their acceptance that a violent death was, if not probable, certainly very possible.

Menu du jour 1

Petit déjeuner

Soupe à l'oignon lyophilisée et ses croûtons du pêcheur
Crème Mont Blanc au chocolat accompagnée de ses madeleines
Céréales au lait, oranges
Thé Tetley English Breakfast et Café

Déjeuner "Haricots de la mer"

Haricots fins sans fil
avec leur assortiment de sardines et maquereaux en boîte,
accompagnés d'une bouteille de vin de Vouvray Huet
Crème Mont Blanc à la pistache

Dîner

Soupe Tétrabrique
Cassoulet toulousain
Mini cakes aux fruits confits

Menu du jour 2

Petit déjeuner

Velouté d'asperge lyophilisé
Mini cakes aux fruits confits
Céréales au lait, oranges
Thé Tetley English Breakfast et Café

Déjeuner

Pâté en boîte sur son pain suédois
Caviar de canard et sa garniture de riz cuisson rapide
Poires en boîte dans leur sirop, nappées de chocolat,
accompagnées d'un biscuit "Digestive"

Dîner

Caille au bloc de foie gras de canard en gelée sur sa biscotte,
accompagnée d'une bouteille de champagne Montebello
Petits pois en ragoût de bouillon cube et d'oignons
Pêches en boîte dans leur sirop

Menu du jour 3

Petit déjeuner

Potage de poulet aux vermicelles lyophilisé
Gaufres nappées de chocolat
Céréales au lait, oranges
Thé Tetley English Breakfast et Café

Déjeuner

Soupe de perles, pemmican
Conserve de poivrons rouges farcis
Ananas en boîte et son sirop,
agrémenté de copeaux de fraises Tagada et d'un biscuit "Digestive"

Dîner

Soupe Tétrabrique
Rizotto de riz cuisson rapide, tomates pelées, oignons, saucisson sec
Compote de fraises et de pommes en barquette

Menu du jour 4

Petit déjeuner

Potage de poulet aux vermicelles lyophilisé
Mini pains au lait
et leur assortiment de confitures et miel en barquette
Céréales au lait, oranges
Thé Tetley English Breakfast et Café

Déjeuner "Purée de la Mer"

Purée Mousseline
avec son assortiment de sardines et maquereaux en boîte
Touron et fruits confits

Dîner du Terroir

Confit de cuisses de canard
et pommes de terres à la graisse de canard
accompagnés d'une bouteille de vin de Cahors
Ananas en boîte dans leur sirop

Menu du jour 5

Petit déjeuner "Chanel"

Bacon and baked beans on toast
Mini cakes aux fruits confits
Céréales au lait, oranges
Thé Tetley English Breakfast et Café

Déjeuner "Cordon Bleu"

Viande séchée enrobée d'un Mini Babybel
et recouverte de pain suédois écrasé
Jardinière de légumes
Loukoum sur biscotte nappée de crème anglaise

Dîner

Soupe Tétrabrique
Saucisses aux lentilles mijotées au vin de Cahors
Copeaux de fraises Tagada
sur leur lit de compote de pommes en barquette

Menu du jour 6

Petit déjeuner

Velouté de poireaux lyophilisé
Madeleines, pain suédois, assortiment de confitures et miel en barquette
Céréales au lait, oranges
Thé Tetley English Breakfast et Café

Déjeuner du Pêcheur

Foies de morue avec leur biscotte
Couscous de sardines à l'huile d'olive
Ferrero Rochers

Dîner

Soupe Tétrabrique
Baked beans et saucisses cocktail
Litchis en boîte dans leur sirop, parsemés de fruits confits

Menu du jour 7

Petit déjeuner

Velouté de tomate lyophilisé
Mini cakes aux fruits confits
Céréales au lait, oranges
Thé Tetley English Breakfast et Café

Déjeuner "Embellie Printanière"

Maïs en boîte et tomates séchées
Petits pois carottes et leur viande séchée
Pain suédois, Babybel
Fruits confits

Dîner

Caille au bloc de foie gras de canard en gelée sur sa biscotte,
accompagné d'un champagne Montebello
Haricots verts aillés
Perles de lait parsemées de bonbons Haribo

Menu du jour 8

Petit déjeuner

Velouté de poireaux lyophilisé
Pain suédois et son assortiment de confitures et miel en barquette
Mini Babybel
Céréales au lait, oranges
Thé Tetley English Breakfast et Café

Déjeuner

Maquereau et sa moutarde sur pain suédois
Purée Mousseline à l'ancienne et ses saucisses cocktail,
assortie de viande séchée
Compote de fraises et de pommes en barquette

Dîner

Bisque de homard
Couscous au miel et ses tranches de bacon
Loukoum sur sa biscotte et sa crème anglaise

Menu du jour 9

Petit déjeuner

Soupe de carotte lyophilisée et ses croûtons du pêcheur
Céréales au lait, oranges
Thé Tetley English Breakfast et Café

Déjeuner d'automne

Soupe du pêcheur rehaussée d'un Mini Babybel fondu et de croûtons
Purée Mousseline à l'ancienne
Pommes cuites lardées de Chamalows

Dîner

Potage de lettres et son Bouillon Cube
Conserve de poivrons rouges farcis
Crème Mont Blanc à la pistache

Menu du jour 10

Petit déjeuner

Velouté de poireaux lyophilisé
Mini cakes aux fruits confits
Céréales au lait, oranges
Thé Tetley English Breakfast et Café

Déjeuner

Bouillon de lettres et son cube
Cassoulet toulousain
Compote de pommes en barquette

Dîner

Cous de canard et leur garniture de haricots verts extra-fins
Mini cakes aux fruits confits

Menu du jour 11

Petit déjeuner

Soupe à l'oignon lyophilisée et ses croûtons du pêcheur
Crème Mont Blanc au chocolat et ses madeleines
Céréales au lait, oranges
Thé Tetley English breakfast et Café

Déjeuner "Haricots de la Mer"

Haricots fins avec leur assortiment de sardines et maquereaux en boîte,
accompagnés d'une bouteille de vin de Vouvray Huet
Crème Mont Blanc à la pistache

Dîner

Soupe Tétrabrique
Cassoulet toulousain
Mini cakes aux fruits confits

Menu du jour 12

Petit déjeuner

Velouté d'asperges lyophilisé
Mini cakes aux fruits confits
Céréales au lait, oranges
Thé Tetley English Breakfast et Café

Déjeuner

Pâté en boîte sur son pain suédois
Caviar de canard et sa garniture de riz cuisson rapide
Poires en boîte dans leur sirop, nappées de chocolat,
accompagnées d'un biscuit "Digestive"

Dîner

Caille au bloc de foie gras de canard en gelée sur sa biscotte,
accompagnée d'une bouteille de champagne Montebello
Petits pois en ragoût de Bouillon Cube et d'oignons
Ananas en boîte dans leur sirop

Menu du jour 13

Petit déjeuner

Potage de poulet aux vermicelles lyophilisé
Gaufres nappées de chocolat
Céréales au lait, oranges
Thé Tetley English Breakfast et Café

Déjeuner

Soupe de perles, pemmican
Conserve de poivrons rouges farcis
Ananas en boîte dans leur sirop
agrémentés de copeaux de fraises Tagada et d'un biscuit "Digestive"

Dîner

Soupe Tétrabrique
Rizotto de riz cuisson rapide, tomates pelées, oignons, saucisson sec
Compote de fraises et de pommes en barquette

Menu du jour 14

Petit déjeuner

Potage de poulet lyophilisé aux vermicelles
Mini pains au lait et leur assortiment de confitures et miel en barquette
Céréales au lait, oranges
Thé Tetley English Breakfast et Café

Déjeuner "Purée de la Mer"

Purée Mousseline
avec son assortiment de sardines et maquereaux en boîte
Touron, fruits confits

Dîner du terroir

Confit de cuisses de canard et pommes de terre à la graisse de canard,
accompagnés d'une bouteille de vin de Cahors
Ananas en boîte dans leur sirop

Menu du jour 15

Petit déjeuner "Chanel"

Bacon and baked beans on toast
Mini cakes aux fruits confits
Céréales au lait, oranges
Thé Tetley English Breakfast et Café

Déjeuner "Cordon Bleu"

Tranche de viande séchée enrobée d'un Mini Babybel
et recouverte d'un pain suédois écrasé
Jardinière de légumes
Loukoum sur biscotte nappée de crème anglaise

Dîner

Soupe Tétrabrique
Saucisses aux lentilles mijotées au vin de Cahors
Copeaux de fraises Tagada
sur leur lit de compote de pommes en barquette

Menu du jour 16

Petit déjeuner

Velouté de poireaux lyophilisé
Madeleines, pain suédois
et son assortiment de confitures et miel en barquette
Céréales au lait, oranges
Thé Tetley English Breakfast et Café

Déjeuner du Pêcheur

Foies de morue avec son huile sur sa biscotte
Couscous de sardine à l'huile d'olive
Ferrero Rochers

Dîner

Soupe Tétrabrique
Baked beans et leurs saucisses cocktail
Litchis en boîte dans leur sirop, parsemés de fruits confits

Menu du jour 17

Petit déjeuner

Velouté de poireaux lyophilisé
Mini cakes aux fruits confits
Céréales au lait, oranges
Thé Tetley English Breakfast et Café

Déjeuner

Bouillon de lettres et son cube
Cassoulet toulousain
Compote de pommes en barquette

Dîner

Cous de canard et leur garniture de haricots verts extra-fins
Mini cakes aux fruits confits

Menu du jour 18

Petit déjeuner

Velouté de poireaux lyophilisé
Pain suédois et son assortiment de confitures et miel en barquette
Mini Babybel
Céréales au lait, oranges
Thé Tetley English Breakfast et Café

Déjeuner

Maquereau et sa moutarde sur pain suédois
Purée Mousseline à l'ancienne et ses saucisses cocktail,
assortie de viande séchée
Compote de fraises et de pommes en barquette

Dîner

Bisque de homard
Couscous au miel et ses tranches de bacon
Loukoum sur sa biscotte nappée de crème anglaise

Menu du jour 19

Petit déjeuner

Soupe de carotte lyophilisée et ses croûtons du pêcheur
Céréales au lait, oranges
Thé Tetley English Breakfast et Café

Déjeuner d'automne

Soupe du pêcheur rehaussée d'un Mini Babybel fondu et de croûtons
Purée Mousseline à l'ancienne
Pommes cuites lardées de Chamalows

Dîner "The Last One"

Potage de lettres et son Bouillon Cube
Conserve de poivrons rouges farcis
Crème Mont Blanc à la pistache

Menu du jour 20

Petit déjeuner "The Last One"

Velouté de poireaux lyophilisé
Mini cakes aux fruits confits
Céréales au lait, oranges
Thé Tetley English Breakfast et Café

Déjeuner "The Last One"

Caille au bloc de foie gras de canard en gelée sur sa biscotte,
accompagnée de champagne Montebello
Haricots verts aillés
Perles de lait parsemées de bonbons Haribo

Ducs de Gascogne

Caille au bloc
de foie gras de canard en gelée

URALITA SANUR EVACUATION EU PVC
SENS DE LA PROGRESSION →

150 166

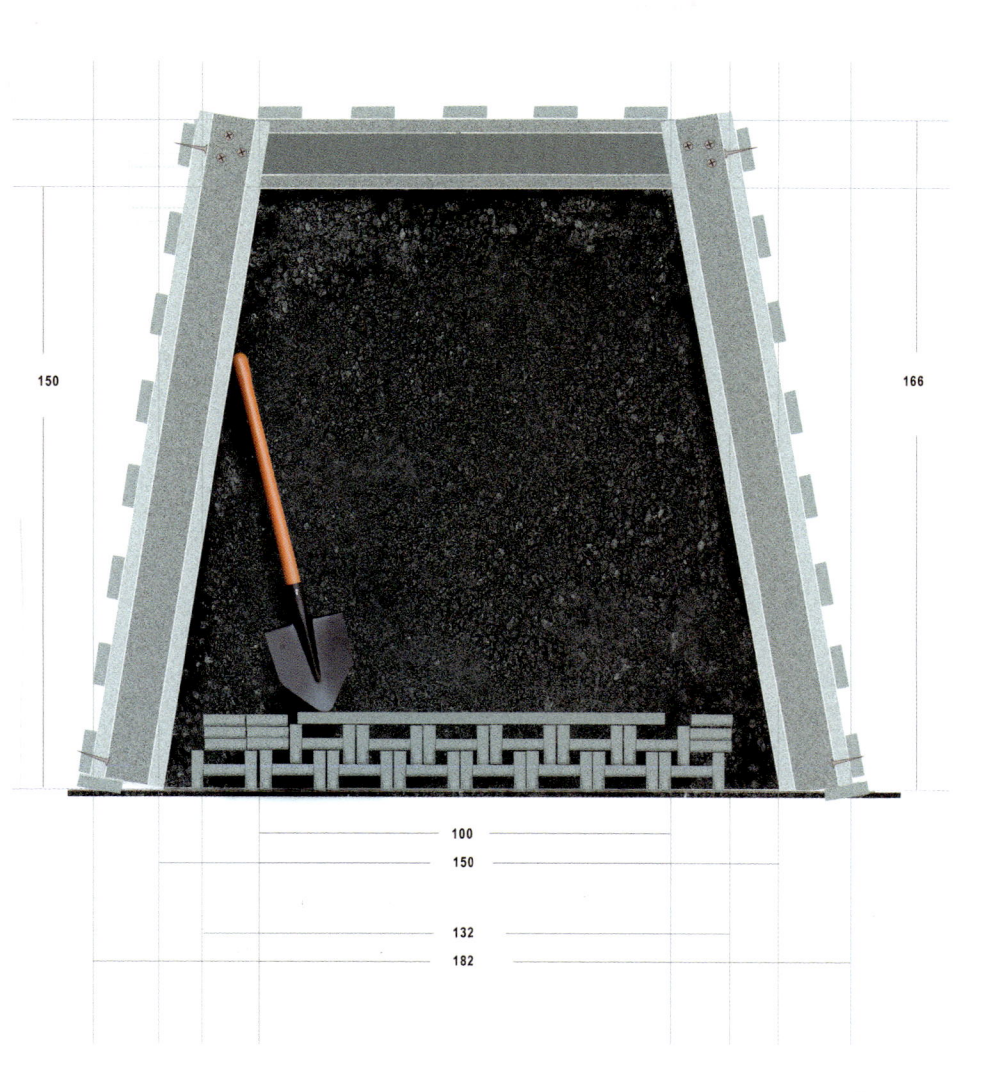

100
150

132
182

Fig. 1

SENS DE LA PROGRESSION →

Fig. 2

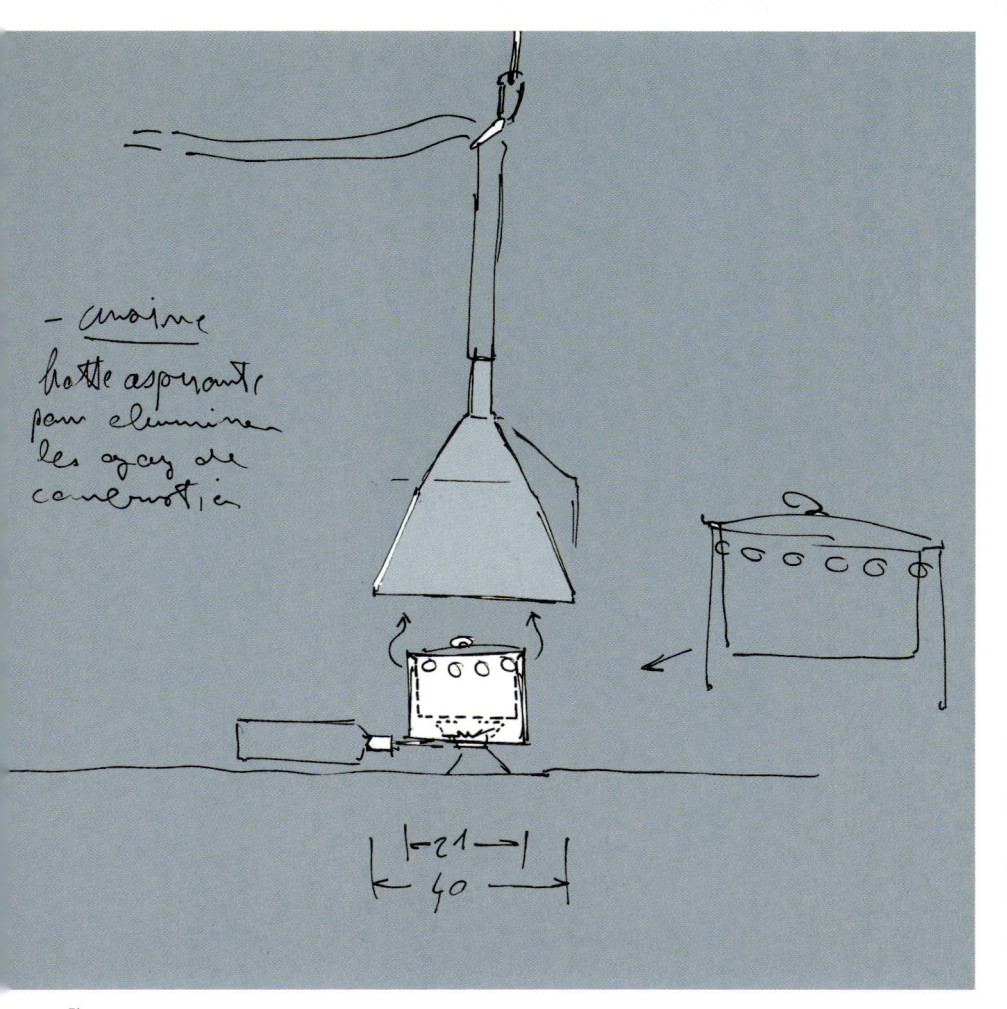

– cuisine
hotte aspirante
pour éliminer
les gaz de
combustion

Fig. 4

URALITA SANUR EVACUATION
SENS DE LA PROGRESSION →

Fig. 5

HORIZON -8
JOUR +3

HORIZON
JOUR

HORIZON -15
JOUR 5

Fig. 5

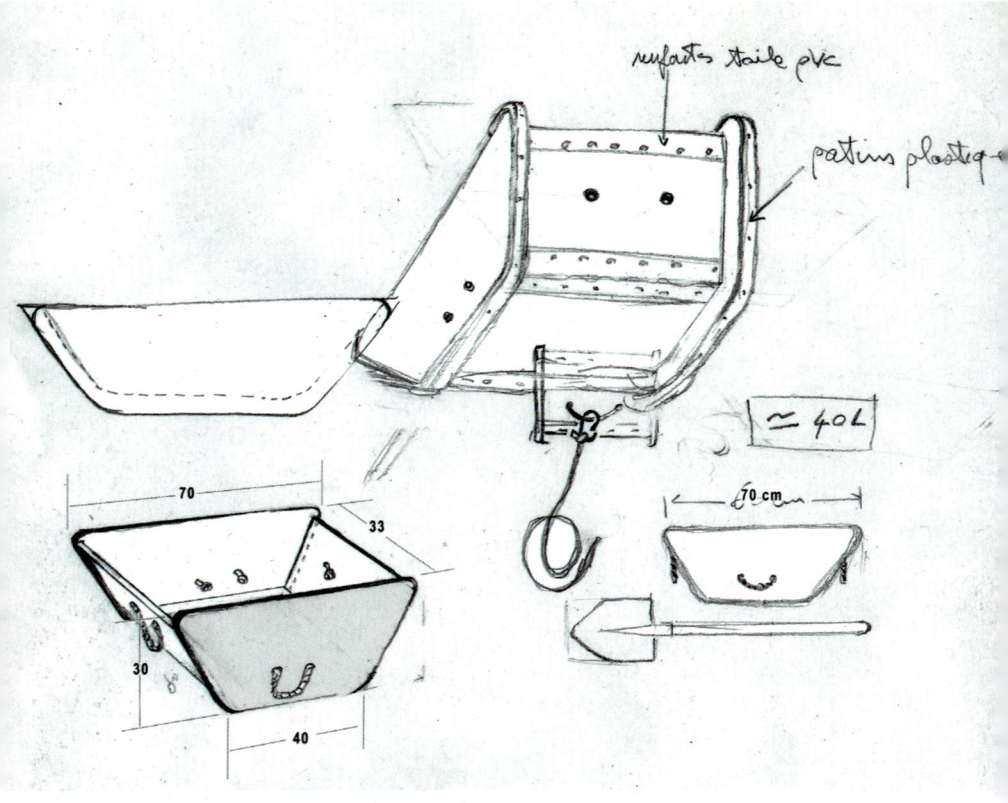

Fig. 6

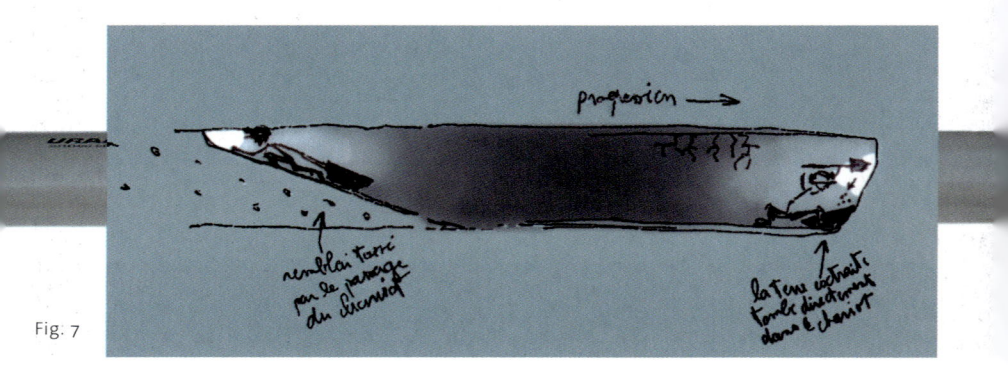

Fig. 7

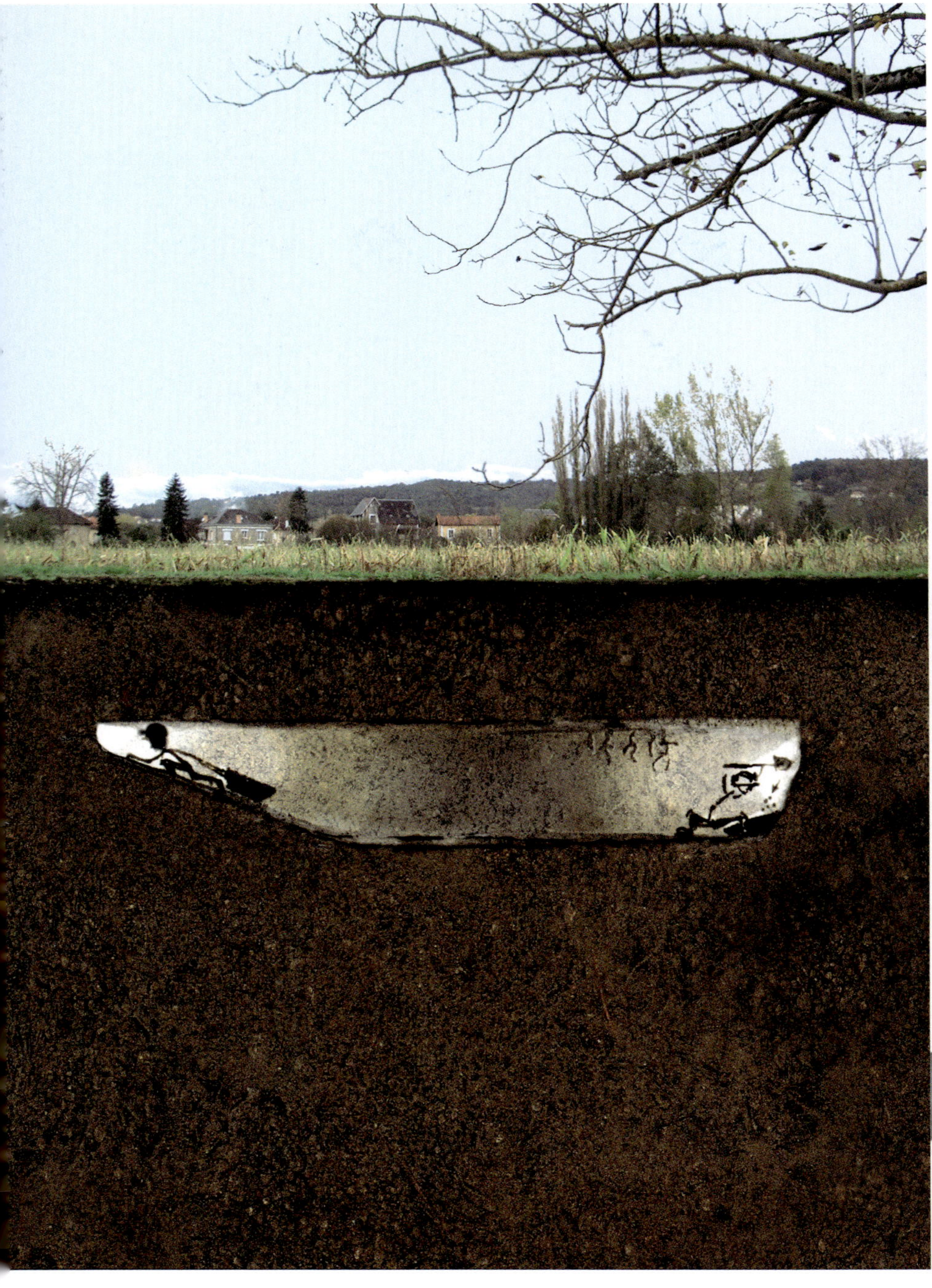

Fig. 8

URALITA SANUR EVACUATION EU PVC

SENS DE LA PROGRESSION

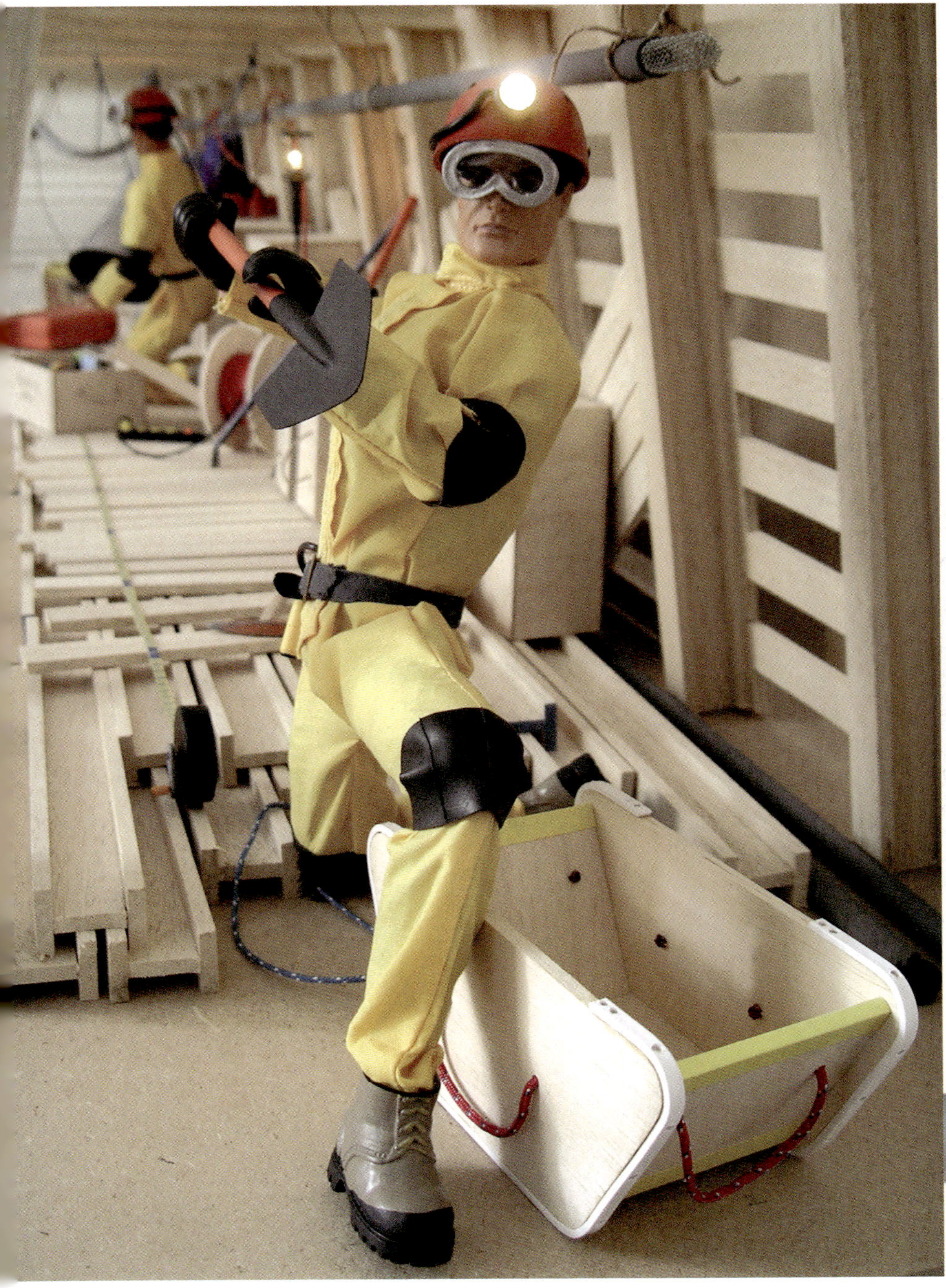

Fig. 9

HORIZON -12
JOUR 5

HORIZON -12
JOUR 9

HORIZON -9
JOUR 12

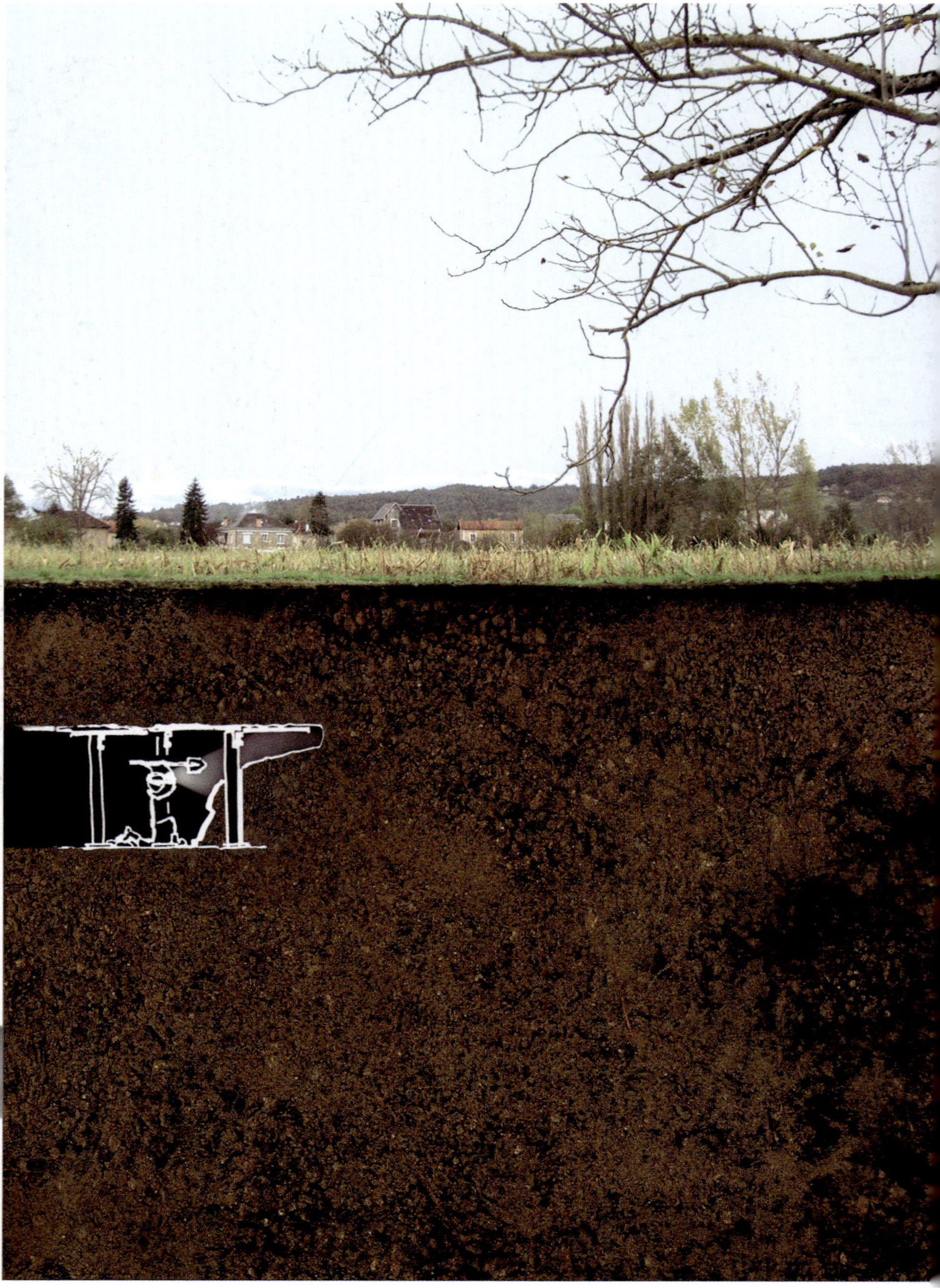

Fig. 13

Fig. 11

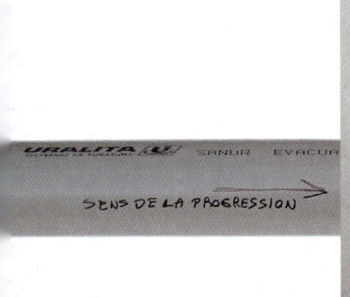

Fig. 12

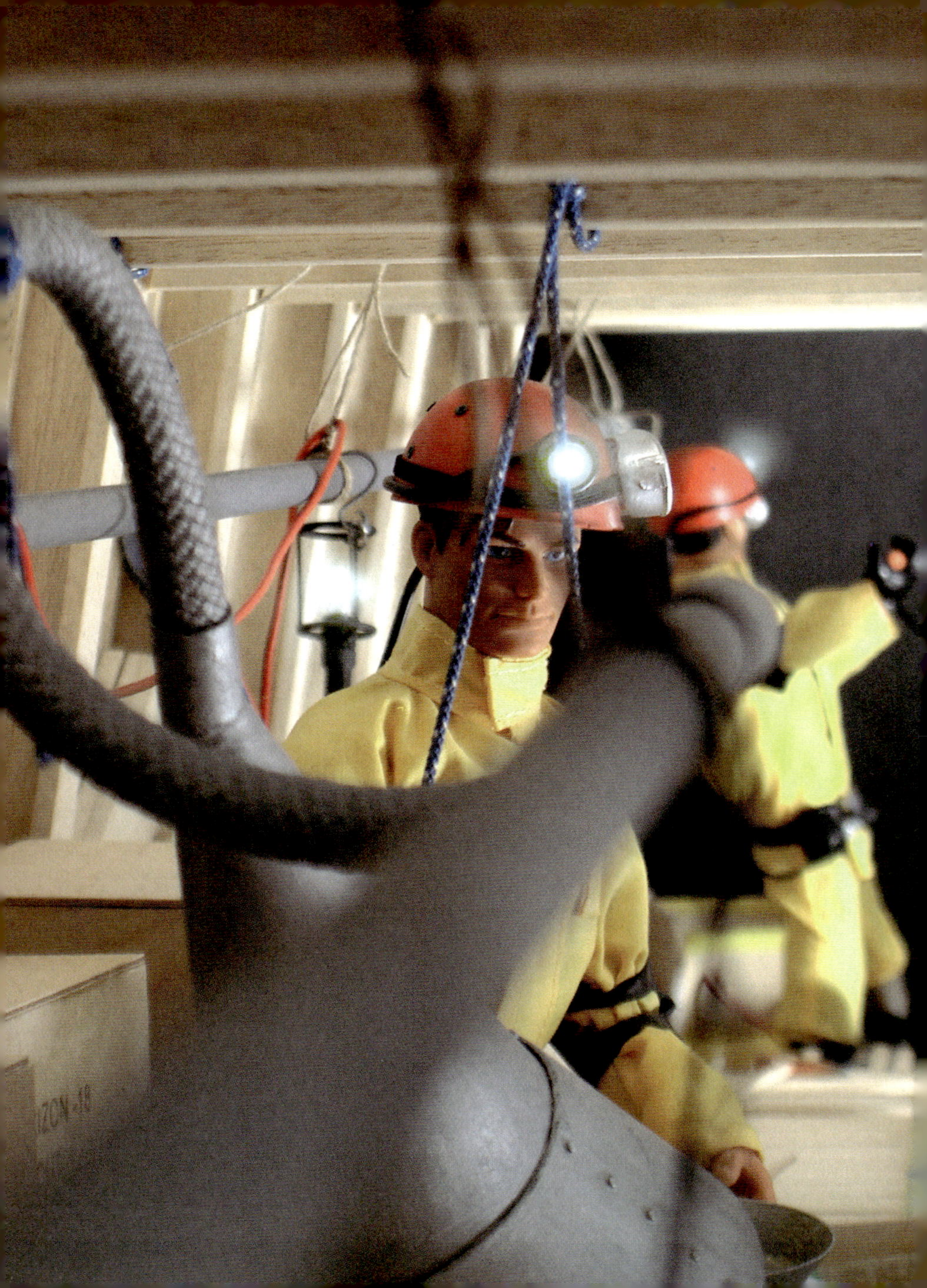

DORMIR

Pour chaque période de sommeil, il sera souhaitable de créer (grâce aux stocks de planches de parement et aux caisses de provisions) des abris individuels surélevés nous permettant de dormir au-dessus de la couche de gaz carbonique (moins brassée s'il n'y a pas d'activité), de favoriser l'intimité et de nous protéger d'un hypothétique éboulement. Tous les équipements de secours personnels y seront entreposés durant la nuit.

COMMODITÉS

Des sacs en papier kraft seront prévus à cet effet dans les caisses de rations quotidiennes puis enterrés immédiatement à l'extrémité du déblai. L'utilisation de bouteilles Nalgène vidées au même endroit régulièrement nous semble indiquée pour ne pas arroser tout le déblai.

GARDIENNAGE EN SURFACE

Permanent nuit et jour.

STRUCTURES EN SURFACE

Il sera utile de baliser le chantier et de construire trois cabanons ajourés pour y entreposer les pompes et assurer le gardiennage.

Intervention

En cas d'épuisement total ou d'éboulement, il sera utile de déclencher au plus vite un plan de sauvetage en site souterrain organisé par une équipe du Spéléo Secours Français présent dans chaque région.

Leur travail de recherche sera facilité par des émetteurs utilisés habituellement pour le repérage des victimes d'avalanche fixés sur nos casques. Ils situeront exactement nos positions respectives dans le volume de la grotte pour permettre une évacuation rapide.

Les trois cas pouvant déclencher une alerte sont soit un appel téléphonique demandant du secours, soit une interruption inquiétante des communications ou enfin une panne irréparable des moyens d'oxygénation du tunnel.

Interview de Francis Croizet,
Le sauvetage de Coyotte et Gysmo

TERRASSON-LAVILLEDIEU

Deux chiens prisonniers d'une galerie

BRIVE. — Depuis dimanche soir, deux chiens de race fox-terrier étaient prisonniers d'une galerie, en Dordogne, entre les hameaux de Tranche et de Bouch, non loin de Terrasson. Entrés dans une cavité, ils n'avaient pu ressortir par leurs propres moyens.

Leurs propriétaires ont tout d'abord fait appel aux pompiers de Sarlat et de Terrasson pour tenter de les tirer de ce mauvais pas, mais après trois jours d'efforts et de tentatives diverses, ils n'avaient pu aboutir...

Mais les propriétaires, encouragés par les aboiements des « prisonniers », n'ont pas abdiqué. Hier, sachant leurs chiens toujours vivants, ils ont décidé, avec les sauveteurs, de s'attaquer directement à la roche, au moyen d'explosifs utilisés par des équipes d'intervention spécialisées de Sarlat et de Périgueux, en renfort de l'opération menée depuis trois jours par les pompiers de Terrasson. Après des heures de travail, l'un des sauveteurs a pu atteindre les captifs vers 17 heures.

C'est avec la joie que l'on devine que le chasseur, Francis Croizet, a récupéré ses deux chiens affaiblis par le manque d'eau et de nourriture.

« Guismo » et « Coyote » ont retrouvé avec plaisir la résidence et les caresses de leurs maîtres, qui ont remercié les sauveteurs autour d'un verre.

TERRASSON

Deux chiens secourus

■ Depuis dimanche matin, deux fox-terriers étaient retenus prisonniers au fond d'une cavité, sur le causse de Terrasson, en Dordogne. Dimanche après-midi, le propriétaire des deux malheureux toutous, Francis Croizet, habitant Terrasson, avait décidé d'employer les grands moyens pour sortir les chiens de cette fâcheuse posture. Avec l'accord du propriétaire du terrain, il louait une pelle mécanique et un marteau piqueur. Il demandait dans la foulée l'intervention des pompiers. Après le déploiement d'importants moyens techniques et humains (des micro-charges de mines ont même été tirées), et grâce au travail acharné des pompiers et de membres du Spéléo-Club de Périgueux, Gysmo et Coyote, les deux chiens de chasse, ont pointé leur museau au grand air hier vers 18 h 30. Après plus de quatre jours passés au fond d'une cavité.

VENDREDI 11 DECEMBRE 1998

■DORDOGNE

Terrasson : délivrance pour

« Nous livrons encore un travail de titans pour libérer mes deux chiens et ils seront au grand air dans la journée. » Hier, en fin de matinée, Francis Croizet, le propriétaire des deux toutous retenus prisonniers au fond d'une cavité à flanc de colline, au lieu-dit « Fontaine de Bouch », entre Terrasson et Coly, s'exprimait de la sorte. A 18 h 30, il allait enfin retrouver sains et saufs ses deux fox-terriers.

Les moyens humains et matériels déployés avaient redoublé « Sud Ouest » chercher Coyote rus depuis cette dimanche. avançaient à q vant moi. Soud absence » raco un chasseur du dans les chaum venaient en e dans l'une des cette colline pe

Francis Croizet (sans casque) et les spéléologues ont enfin retrouvé les deux chiens hier en fin de journée *(Photo Didier Lasserre)*

L.T. – Bon alors Francis, au cours d'une partie de chasse, tu avais égaré deux chiens au fond d'un terrier. Une équipe de sauveteurs spéléologues est venue les chercher. Est-ce que tu peux nous raconter toute l'histoire ?

F.C. – Oui, bien sûr. Ça a commencé le dimanche 6 décembre. Je chassais avec mes frangins, mon père et les deux chiens, Coyote et Gysmo. Un fox à poil dur et un caniche qui ont une bonne habitude de la chasse. Ils étaient partis sur un lièvre, qu'un de mes frangins avait tiré et manqué. Les chiens sont partis à sa poursuite. Ils l'ont suivi une bonne heure. Pendant ce temps, moi, je les attendais dans les parages parce qu'ils reviennent toujours à l'endroit où démarre la chasse. J'avais l'habitude de faire des trous avec eux pour déterrer des renards ou des blaireaux. Au bout d'un moment, deux ou trois heures environ, les chiens ne revenaient plus. J'ai demandé à mes frangins s'ils les avaient aperçus, mais je n'ai pas eu de réponse. Alors, j'ai commencé à calculer et je me suis dit : soit, ils ont pris un renard ou alors, ils sont rentrés dans un trou, mais naturellement, je ne savais pas lequel.

Sur le territoire où je chassais, je savais qu'il y avait trois trous que j'avais l'habitude de faire avec ces chiens. Comme j'étais à sept ou huit cents mètres, je suis allé là-bas. Arrivé devant le premier, que je connaissais pour être souvent fréquenté par de la vénerie, j'ai appelé, appelé mais je n'ai rien entendu. Il devait être onze heures, onze heures trente. Donc j'entendais rien, mais par sécurité, j'ai préféré le boucher. À savoir que si les chiens étaient dedans et qu'ils étaient sortis, je les aurais récupérés derrière mes pierres. Comme c'était dans du rocher, ils ne risquaient pas de passer sur le côté. Je suis descendu au deuxième, un peu plus bas et je n'entendais toujours rien. Je l'ai bouché aussi et je suis allé visiter les autres. Au troisième, toujours rien et, vers midi, j'ai dit à mes frangins, on va quitter la chasse, aller manger et moi, je remonterai aussitôt après.

Je suis remonté vers treize heure trente au premier trou que j'avais bouché et là, il m'a semblé entendre un bruit. J'ai enlevé la pierre et en écoutant, il m'a semblé entendre aboyer alors, je me suis assis sur le côté et j'ai appelé mes chiens. Au bout de deux ou trois minutes, j'ai à nouveau entendu un aboiement. J'ai dégagé la terre et les feuilles autour du trou pour pouvoir mettre la tête dedans et être bien sûr qu'il s'agissait de mes chiens. Là, j'ai reconnu Gysmo.

L.T. – Tu l'as reconnu à quoi ?

F.C. – Je l'ai reconnu à son aboiement et je me suis mis à l'appeler, à l'appeler, à l'appeler et il s'est mis à aboyer sans arrêt, sans arrêt, sans arrêt. À partir de ce moment, j'étais déjà rassuré de savoir qu'ils étaient là, mais je n'entendais pas mon deuxième chien, Coyote. Ce jour-là, je ne sais pas pourquoi, je lui avais mis un grelot, je ne sais pas pourquoi, mais quand Gysmo n'a plus aboyé, j'ai entendu le grelot. Je me suis dit, les deux chiens sont ensemble. L'un aboie et pas l'autre, mais il fait remuer son grelot.

J'ai attendu tout l'après-midi. Mes frangins sont remontés et je leur ai dit que les chiens étaient là, dans le trou et que c'était que du rocher. Les aboiements me semblaient venir de deux ou trois mètres. Vu que c'était des boyaux, des anciens ruisseaux souterrains, ça ne devait pas être loin. Plus je les appelais, plus je sentais qu'ils avaient un problème pour sortir donc, je me suis dit qu'ils avaient un problème. Soit ils sont bloqués ou alors, ils se sont fait fermer, mais je ne savais pas si c'était par un renard ou un blaireau. Je ne savais pas du tout. À partir de ce moment, j'ai dit qu'il fallait qu'on casse la roche devant pour pouvoir entrer. L'entrée était en forme de S. Elle faisait une quarantaine de centimètres de diamètre et même un petit gamin ne pouvait pas y aller. Personnellement, je ne pouvais pas non plus ni aucun membre de ma famille.

L.T. – C'est pour ça que tu utilises des chiens pour traquer ton gibier ?

F.C. – Tout à fait. J'ai passé tout l'après-midi à attendre. Une fois, j'étais déjà intervenu pour les chiens d'un copain qui avait eu le même souci dans du rocher. Mais là, l'entrée était beaucoup plus vaste et il y avait cinquante centimètres de terre sur le sol. Elle était déposée par l'eau, les renards, les blaireaux qui grattent, qui nettoient le fond et ramènent ça vers l'entrée. Dans mon cas, il n'y en avait pratiquement pas. C'était que du rocher. Il fallait tout casser au marteau et à la pioche avant de faire venir les secours.

J'ai attendu tout l'après midi et le soir, vers dix-huit heures, mes chiens n'étaient toujours pas là et Gysmo continuait à aboyer. J'ai décidé d'aller voir le centre de secours, c'est-à-dire les pompiers de Terrasson pour voir s'ils pouvaient éventuellement me donner la marche à suivre. À savoir qu'entre-temps, j'avais commencé à agrandir l'entrée avec un marteau et un burin, mais que je n'avançais pas. J'en avais fait trente centimètres en deux heures.

Les pompiers m'ont dit qu'il faudrait attendre au moins le lendemain et reboucher le trou pour la nuit. L'un d'entre eux est monté pour voir le site, la grandeur du trou et si c'était accessible pour des engins. Quand il a vu l'endroit, il m'a dit que ce serait dur et ne m'a pas vraiment encouragé. Il m'a aussi dit qu'il faudrait au moins un brise-roche sur chenilles ou des marteaux piqueurs.

La nuit est arrivée. Je suis resté jusqu'à minuit, une heure du matin, je ne sais plus très bien et les chiens n'étaient toujours pas là. J'ai rebouché et je suis descendu prendre un peu de repos.

Le lendemain à six heures, j'y suis remonté et quand j'ai appelé mes chiens, ils étaient toujours dedans, encore bloqués à la même distance. Je les jugeais à quatre ou cinq mètres. À partir de là, j'ai commencé à m'organiser. Mes frangins sont remontés avec des amis et…

A.P. – Comment s'est passée l'organisation ?

F.C. – Le lundi matin, je ne travaillais pas donc, j'avais toute la journée à consacrer à mes chiens. Si ça se prolongeait au-delà, il faudrait que j'aille voir mon patron pour prendre un congé sans solde parce que mes chiens, c'est mes chiens et il fallait que je les sorte. Donc, le lundi matin, je suis allé voir des entrepreneurs qui m'ont donné des marteaux-piqueurs et un compresseur qu'il a fallu monter sur le site.

A.P. – Ça n'a pas dû être facile

F.C. – Non, c'était pas simple. Pour les monter, il fallait des véhicules spéciaux. Ensuite, l'histoire est arrivée aux oreilles du président de chasse. À savoir qu'il avait un tractopelle et qu'il est venu avec pour dégager les entourages. Il y avait quelques arbres à abattre. J'ai contacté le propriétaire du terrain pour lui demander l'autorisation de creuser, gratter et ouvrir le trou, ça me semblait normal. C'était quelqu'un que je ne connaissais pas, mais chez qui j'avais acheté ma première voiture vingt ans auparavant. Il m'a dit, tu creuses la grotte de Lascaux, le terrain, il t'appartient. Tu fais la grotte de Lascaux si tu veux, mais tu sors tes chiens.

L.T. – C'est pas mal, au moins c'est encourageant.

F.C. – Tout à fait. Je savais que maintenant, je pouvais faire comme je voulais dans la limite de mes moyens pour sortir les chiens. À partir de là, on a creusé au marteau-piqueur avec mes frères, mon père, des copains chasseurs et d'autres non-chasseurs.

Dès le lundi, on a entamé les gros travaux. Il s'est mis à pleuvoir et on a bâché tout le site pour pouvoir travailler. Le premier jour, on a galéré. L'organisation venait petit à petit et moi, je restais toujours sur le site pour rassurer les chiens et pour qu'ils sachent qu'ils pouvaient compter sur nous. On a fini par pouvoir entrer et se glisser mètre par mètre dans le boyau. Au bout de deux ou trois mètres, je ne pouvais plus continuer. Physiquement, j'étais trop gros et pour moi, ça devenait dangereux.

À ce moment-là, j'ai recontacté les services de secours qui sont montés et nous ont aidés. Ils ont apporté un groupe électrogène pour nous éclairer la nuit. On travaillait tard dans ces nuits fraîches du mois de décembre et on a eu des problèmes avec les compresseurs parce que l'air givrait dans les tuyaux et ça ne marchait plus. On était obligés de mettre les tuyaux à l'abri, hors-gel et de les changer régulièrement.

On a avancé, avancé mais à un moment, la sécurité n'y était plus et les pompiers m'ont conseillé d'arrêter. Arrêter, je voulais bien, mais je voulais aussi sortir mes deux chiens.

L.T. – Et pourquoi est-ce qu'ils ne sortaient pas d'eux-mêmes ?

F.C. – C'est une bonne question. Tu comprendras à la fin.

L.T. – Tu devais quand même te demander ?

F.C. – On les entendait vraiment à trois ou quatre mètres au maximum au fond de la galerie. Donc, les pompiers m'ont conseillé d'arrêter ou de m'entourer de personnes compétentes. Ils ont décidé d'informer des spéléologues confirmés pour continuer.

Un premier est arrivé. Il était de Ladornac. Il rentrait là-dedans sans se poser de questions avec des lampes frontales, des lampes à gaz. Comme il était très fluet, il arrivait au moins à deux mètres au-delà de l'endroit ou on avait creusé. Il pouvait nous guider avec ses lampes et comprendre le circuit à l'intérieur du boyau. Vu les difficultés, il a décidé de contacter des gars, une équipe de spéléos de Bergerac. C'étaient des gars vraiment confirmés. Dès que j'ai envoyé mon appel au secours auprès de la caserne des pompiers, tout un processus s'est déclenché. Les gendarmes sont venus pour constater. Ils ont passé un appel à la radio locale, la radio de Périgueux. Ils sont venus, puis une équipe télé, FR3 Aquitaine a suivi. Quand ils m'ont interviewé, ça a déclenché tout ça.

Les spéléos mon dit que si je n'avais rien d'autre pour avancer, ils ne pourraient pas aller plus loin. Il fallait enclencher un autre processus de secours, c'est-à-dire des explosifs, il nous fallait un artificier. Alors, à ce moment-là, ils en ont appelé un. J'ai contacté le centre de secours de Bergerac. Le grand chef des pompiers de Dordogne est venu sur le site. Mais bon, ça, ça a mis deux, trois jours. Ils sont venu et ont décidé de faire venir un artificier qui faisait partie des spéléos, mais qu'ils n'avaient pas cru nécessaire d'envoyer au départ. Il est arrivé avec le peu d'explosif qu'il avait sur lui. À savoir que, quand ils libèrent des explosifs, ils en gardent toujours un petit peu pour eux, en cas d'urgence. Il s'est démuni du peu d'explosifs qu'il

avait, mais après ça on n'en avait plus. Il m'a dit : « On est bloqués. Il faut faire une demande à la Préfecture. J'ai utilisé tout ce que j'ai en ma possession. »
On a fait une demande à la Préfecture de dérogation pour un…
L.T. – Un ordre de réquisition…
F.C. – Voilà, c'est ça, un ordre de réquisition pour un plan de secours en site souterrain déclenché. Ce qui a permis une détention d'explosifs, à savoir que ce n'est pas une mince affaire puisque le transport s'est fait par deux CRS en moto. Ils sont venus sur le site pour délivrer les boîtes sous scellés en présence du chef des pompiers et de l'artificier. À partir de là, quand j'ai vu tout ça, je me suis dit, on va avancer, on va avancer.
L'artificier a fait un travail admirable. Il entrait à l'intérieur de la galerie et forait avec une petite perceuse à piles. Il forait contre lui, dans la galerie et, une chose qui m'a paru bizarre et rassurante, le seul chien qui aboyait, Gysmo, dès qu'il entendait la foreuse, ce chien arrêtait d'aboyer.
L.T. – Il laissait les gens se concentrer, je suppose.
F.C. – Il n'aboyait plus du tout. Je ne sais pas s'il sentait quelque chose. Au premier tir d'explosifs que l'artificier a fait, ce chien s'est arrêté. Je me suis dit qu'il s'était recalé à l'intérieur de son trou, là où ils sont bloqués.

C'est impressionnant la déflagration que ça fait à l'extérieur. Il y avait les pompiers qui étaient là en permanence pour faire un périmètre de sécurité. À chaque détonation, à l'extérieur, c'était impressionnant. Je me suis dit tout va s'écrouler. J'ai repensé au propriétaire du terrain qui m'a dit : « Tu fais la grotte de Lascaux ». Je me suis dit, si ça continue, on va y arriver. Il y avait une épaisse fumée qui sortait de ce trou après chaque tir. Ils devaient attendre pour les gaz avant d'entrer. À savoir que la déflagration est énorme par rapport au résultat. L'artificier fait vraiment un travail ciblé, il ne fait pas exploser des grosses masses de rochers, il ne fait péter que des lamelles, celles qui le gênent pour pouvoir avancer. Il fait craquer des lames de rocher de sept, huit, dix centimètres au plus, ça c'est lui qui jauge à l'intérieur. Tout ça, moi, je vous le dis parce qu'il me l'a expliqué. Je rentrais après à l'intérieur du trou pour voir l'efficacité de l'explosion. On sortait des lames de rocher de cinq, dix, quinze centimètres suivant la gêne qu'il y avait pour pénétrer à l'intérieur. On avançait, on avançait. On a bien fait neuf mètres de galerie dont cinq, six mètres à l'explosif. Au bout d'un moment, il y avait de la terre et de la fiente de blaireau. Quand on connaît le blaireau, ça sent mauvais, très mauvais. À la limite, il y en a qui ne tenaient pas. Et là, pour avancer, on était cinq, six, tous allongés à la queue leu leu dans la galerie et on faisait des boulettes d'un kilo à trois kilos de merde mélangée avec de la terre qu'on pétrissait et qu'on se passait. On ne pouvait même pas entrer avec un seau. On était tous allongés sur le côté et on se les passait jusqu'à la sortie. Là, il y avait des copains, des bâtisseurs qui faisaient un mur.

Au bout de six, sept mètres, on est arrivé dans une chambre où un spéléo, le plus mince, a pu tenir debout.

On entendait toujours ces chiens, donc c'était déjà au-delà de la distance que j'avais jugée. Quand le spéléo est ressorti, il m'a dit qu'il les entendait encore à deux ou trois mètres, que la galerie partait à l'horizontale, mais qu'après, au fond, il ne voyait plus rien. Il m'a dit que c'était un boyau qui continuait à la verticale et que les chiens étaient en bas.

Alors là, ils ont recommencé à dynamiter, parce qu'ils ne pouvaient plus passer après la chambre. Ils voyaient qu'il y avait de la terre, des éboulis et, à un moment donné, quand ils ont commencé à creuser, juste après cette chambre, le boyau s'est effondré. Ils ont récupéré un blaireau mort, ensanglanté et ils l'ont sorti. Apparemment, il s'était battu avec les chiens.

J'avais le soutien d'un lieutenant, Monsieur Faurel qui connaissait très bien ces trous, il m'a dit : « Tes deux chiens se sont battus avec le blaireau, mais le blaireau les a fermés ». Il faut savoir qu'un blaireau, c'est très dangereux pour les chiens. Quand il arrive à faire passer les chiens derrière lui, il repart en les fermant dans son terrier. Il rebouche avec de la terre. Lui-même, Monsieur Faurel, avait perdu des chiens dans des boyaux de sable et de terre. Le blaireau avait réussi à sortir et à les enfermer.

A.P. – Il les enterre vivants.

F.C. – Il les étouffe, quoi. Les chiens sont tellement fatigués de s'êtres battus qu'ils n'ont plus la force de creuser.

Donc, on a sorti ce blaireau mort, pratiquement mort, il n'avait pas eu une partie de plaisir et moi, je me demandais dans quel état j'allais trouver mes deux chiens. On a continué à creuser et le premier spéléo ne pouvait plus passer, d'ailleurs c'était un spéléo formidable, ses collègues l'appelaient « la taupe » parce qu'il ne grattait jamais avec des ustensiles, uniquement avec les mains. C'est vraiment une taupe. Son surnom, il le porte très, très bien, d'ailleurs. Il est ici sur les photos.

L.T. – En plus, il porte des lunettes.

F.C. – Il ne quittait jamais ses lunettes et son bonnet.

A.P. – C'est vrai qu'il ressemble à une taupe.

F.C. – En ressortant, il a dit qu'il fallait de

nouveau que l'artificier entre et qu'il fasse péter un ou deux mètres parce que c'est beaucoup plus large après. À savoir que l'artificier se mettait une planche sur le côté, un casque anti-bruit et faisait exploser la charge tout en restant dans la galerie. Là, les lames de rocher lui tombaient dessus. Il a continué sur deux mètres. Quand il est sorti, on a continué avec « la taupe » à creuser et à refaire des boulettes de terre et des boulettes de terre. Arrivé pratiquement où le boyau tombait à la verticale, il a réussi à s'enfiler dans cette galerie, passer le bras et en passant le bras, un chien l'a mordu. Mais il ne pouvait toujours pas y aller, il fallait refaire un tir d'artifice. Quand il m'a fait le topo, je me suis dit, la dernière déflagration, ça va finir par tuer mes chiens. À savoir que lorsqu'une charge explosait, pendant vingt minutes, une demi-heure, je ne les entendais plus et à chaque fois, je me disais que ça les avait tués. Tout ça s'est passé en trois ou quatre jours, ça ne s'est pas fait dans la seule journée. Ils sont rentrés le six, on les a sortis le dix au soir. Donc, le dernier jour, en fin d'après-midi, sur les coups de dix-sept heures, ils ont refait un tir. Là, l'artificier m'a dit « Il faut que tu rassures tes chiens », mais ils n'ont pas voulu que je rentre au fond.

Maintenant j'ai repris, mais à l'époque j'avais perdu cinq kilos en trois jours.

J'entendais toujours mes chiens et j'avais l'espoir de les sortir vivants. L'artificier m'a demandé de donner mes habits qu'il irait mettre au fond. J'ai donné mon pantalon, ma veste et mon polo qui sentaient bien fort mon odeur et la transpiration. Il a calfeutré le trou avec pour réduire la déflagration et rassurer les deux chiens. Il a foré, mis les explosifs en minimisant la charge et m'a dit « C'est le dernier tir après je fais sortir tes chiens ». J'y croyais toujours, j'y croyais toujours. Le dernier tir, pff, pendant plus d'une demi-heure, j'ai plus rien entendu.

Je m'en suis posé des questions en attendant que les gaz de la déflagration s'évacuent. « La taupe » est entré le premier. La moitié des habits enfumés était retirée au fond. Il a passé la tête et a vu les deux chiens dans le boyau à la verticale. Mais le trou faisait vingt ou trente centimètres et les deux chiens n'arrivaient plus à passer. Il y avait une langue de rocher qui bloquait la sortie. Alors avec un piolet, il a cassé cette lame. Il a appelé les deux chiens et là, il m'a dit que les chiens allaient sortir. À savoir qu'on était six spéléo couché dans la galerie et moi, j'étais le septième, couché sur le dos avec des lampes frontales.

La sensation à ce moment-là, j'en tremble encore. On éclairait cette galerie et j'ai vu apparaître mon premier chien. Quand je l'ai appelé, il est sorti comme une bombe. Il est passé sur les spéléos. Je l'ai attrapé. Il me léchait de partout. Le deuxième chien est arrivé. Je les ai attrapés tous les deux et je me suis hissé à l'extérieur. Là, j'ai fondu en larmes. Aussitôt le vétérinaire qui avait été prévenu par les pompiers est arrivé et leur a donné à boire par petites doses. Quand le fox est sorti, il a vu la bouteille d'eau et il l'a attrapée à pleine gueule, mon bon. Il l'a explosée. Après qu'ils m'aient vu, plus rien ne comptait à part se réhydrater. Tout le monde est sorti et tout le monde est tombé en larmes. C'était l'anniversaire de Gysmo la veille, c'était le chien de ma fille. Alors tout le monde c'est mis à pleurer, tout le monde criait, c'était formidable, c'était l'aboutissement de cinq jour et six nuits de labeur pour toute ma famille et mes copains qui étaient venus pour me soutenir.

VOLUME DE LA GROTTE

Définir le volume au départ et à l'arrivée en fonction de la mouture de la terre, du volume de bois d'étayage, des provisions et de l'équipement*.

* Ces paramètres dépendent de la nature géologique du sol.

Conditions initiales
- Profondeur initiale : 0,00 m
- Volume initial de matériel consommable : 0,00 m^3

  Dénombrer ici plomberie, parement, étais...
- Volume initial de matériel non consommable : 0,00 m^3

  ne pas oublier le matériel de cuisine
- Volume initial de provisions : 0,00 m^3

Conditions géologiques
- Surface de la section du tunnel : 2,70 m^2
- Taux de mouture : 0,00 %
- Angle du remblai : 0,00°

  compris comme angle mesuré à partir de l'horizontale
- Hauteur de la section du tunnel : 1,50 m
- Volume initial : 0,00 m^3

Rythme quotidien
- Consommation en matériel : 0,00 m^3/j

  Dénombrer ici plomberie, parement, étais...
- Consommation en provisions : 0,00 m^3/j
- Vitesse de creusement : 1 m/j

  Comprise comme progression en nombre de mètres linéaires par jour

Résultats
- Nombre de jours depuis le départ : 20 j

- Longueur creusée : 20 m
- Volume creusé : 54 m³
- Volume du remblai : 0,00 m³
- Volume consommé en matériel et provisions : 0,00 m³
- Différence de volume : -0,00 m³
- Volume final habité : 0,00 m³
- Volume final habitable : 0,00 m³
  en tenant compte de la pente du remblai
- Profondeur équivalente habitable : 0,00 m

PROFONDEUR

En fonction de la nature du terrain, la profondeur doit être minimum pour permettre une évacuation facile.

FRONT DE TAILLE ET PROGRESSION

La surface de sape étant de 2,70 m² et la progression de 1 m/j, le volume à déplacer quotidiennement sera de 2,70 m³

Pour conserver une relative horizontalité, il faudra se munir d'un niveau à bulle de 2 mètres et s'assurer régulièrement qu'on ne s'enfonce pas ou qu'on ne rejoint pas la surface.

Pour prévenir les éboulements pendant le creusement, dans la partie encore non étayée, il faudra d'abord creuser au plafond et sur les côtés puis enfoncer à la massette des planches de parement passées sous l'étai précédent en attendant que la suivante soit posée (fig. 11).

ÉQUIPEMENT À EMPORTER

Matériel de creusement

Pour pratiquer l'excavation, il sera indispensable d'emporter deux bêches courtes (fig. 12), une barre à mine, deux traineaux munis d'une sangle et de son mousqueton, un piolet, une petite hache, un double décamètre, un niveau prolongé, deux gros burins et enfin, une petite truelle.

Pour réaliser les étayages nous serons munis de deux massettes, d'une puissante visseuse dotée de deux batteries, d'un chargeur et de dix gros embouts cruciformes. Il faudra aussi prévoir un gros ciseau à bois, deux grosses scies égoïnes, un double mètre en bois, quatre cents vis cruciformes de 5 x 70 mm, dix forets de 4 mm, soixante longueurs d'IPN de 170 cm*, trente longueurs d'IPN de 132 cm*, cinq cents planches de parement de 90 x 3 x 10 cm*.

Les outils seront peints avec des couleurs vives pour en rendre l'utilisation plus agréable

Outillage

Pour parer à l'essentiel des réparations et à toutes sortes de modifications sur les équipements, l'expédition sera équipée d'une caisse à outils contenant un marteau arrache-clous, un assortiment de tournevis, une boîte de tournevis de précision, un couteau multifonction, un manche porte-lame de scie à métaux avec deux lames, une petite scie à bois, une lime plate, une grosse râpe, une pince coupante, une pince plate, un assortiment de vis, de clous et de petites équerres, un assortiment de forets à métaux, un nécessaire de couture, deux

* La quantité de boisage n'inclut pas la longueur du tunnel de départ.

bobines de 20 m de garcette rouge, un rouleau de gaffer orange et trois tubes de colle cyanoacrylate. Le contenu et la boîte seront peints en rose (fig. 13).

Nourriture
Afin de préparer nos repas, il sera réparti dans vingt caisses quotidiennes : quatre-vingts sachets de thé Tetley English Breakfast, cent vingt doses de café, quatre boîtes de biscuits "Digestive", quarante barres de céréale, quarante mini paquets de céréale, deux paquets de gaufres au chocolat, quatre paquets de madeleines, douze barquettes de mini cakes aux fruits confits, deux paquets de pains au lait, dix paquets de pains suédois, deux boîtes de bisque de homard, deux boîtes de Soupe du pêcheur, dix-huit sachets de soupe lyophilisée, huit boîtes de soupe Tétrabrique, quatre boîtes de baked beans, six boîtes de haricots fins sans fil, quatre boîtes de jardinière de légumes, deux boîtes de maïs, deux boîtes de petits pois, huit cents grammes de pommes de terre, deux boîtes de tomates pelées, deux boîtes de tomates séchées, quatre sachets de vermicelle lettres, six sachets de purée Mousseline à l'ancienne, quatre sachets de riz cuisson rapide, quatre sachets de semoule de blé, quatre sachets de tapioca, deux boîtes de foie de morue, six boîtes de maquereaux, six boîtes de sardines à l'huile, trois boîtes de caille au bloc de foie gras, quatre boîtes de cassoulet toulousain, deux boîtes de caviar de canard aux olives, deux boîtes de confit de canard, quatre conserves de poivrons rouges farcis, deux boîtes de cou de canard, deux boîtes de pâté, deux boîtes de saucisses lentilles, douze tranches de bacon, deux saucissons secs, six boîtes de saucisses

cocktail, sept paquets de Pemmican, dix paquets de Mini Babybel, quatre boîtes d'ananas, deux barquettes de quatre compotes fraises et pommes, une barquette de quatre compotes de pommes, huit sachets de fruits confits, deux boîtes de litchis, quarante oranges, deux boîtes de pêches, deux boîtes de poires, quatre pommes, quatre boîtes de crème anglaise, quatre boîtes de crème Mont Blanc au chocolat, quatre boîtes de crème Mont Blanc à la pistache, huit sachets de bonbons Haribo, deux paquets de Chamalows, sept tablettes de chocolat noir 70 %, vingt-quatre barquettes de confiture, deux boîtes de cinq Ferrero rochers, vingt-quatre loukoums, vingt-huit barquettes de miel, huit barquettes de Nutella, deux tourons aux amandes, trois bouteilles de champagne Montebello, deux bouteilles de Vouvray Huet, deux bouteilles de Cahors, vingt-six bouteilles de 50 cl de lait, quatre-vingts bouteilles de 1,5 l d'eau minérale, dix gousses d'ail, six sachets de croûtons du pêcheur, deux cents doses de sucre, deux boîtes de Bouillon Cube, quatre-vingts doses de sel, quatre-vingts doses de poivre, vingt dosettes d'huile d'olive, dix-sept oignons.

Respiration

La ventilation du tunnel se fera grâce à dix longueurs de 2 m de tube PVC 60 mm équipés de manchons d'emboîtement*, quatre cents mètres de drisse pour leur fixation au plafond*, un embout grillagé pour l'arrivée d'air, une hotte grillagée pour l'extraction munie d'un mousqueton et d'un tuyau flexible résistant à la chaleur.

Le tout sera relayé en surface par trois pompes, un

* La quantité indiquée n'inclut pas la longueur du tunnel de départ.

groupe électrogène de secours et des équipements pour le gardiennage 24h/24. La sécurité sera assurée par une bouteille de plongée de 18 l, deux bouteilles portables de 0,5 l et un détecteur de contaminants gazeux.

Moyens d'éclairage
Pour obtenir de la lumière nous emporterons une baladeuse munie d'un crochet, six ampoules de rechange, un touret de 30 m avec fusible, cinq fusibles de rechange, un bloc multiprise étanche, deux lampes frontales spéléo Technic FX5 halogènes dotées de quatre batteries, deux chargeurs, deux ceintures, dix ampoules de rechange et deux kits d'entretien.

Ustensiles de cuisine
Pour préparer les repas nous aurons à notre disposition une grosse poêle de 30 cm, trois casseroles de 3,1 et 0,5 l, un réchaud Whisperlite avec un réservoir 1 l et un kit d'entretien, huit litres de carburant Whisperlite*, deux bouteilles thermos incassables avec tasses, deux cuillers, deux fourchettes, deux couteaux multifonction, deux bols inox, une cafetière expresso 1 tasse, trois briquets, un extincteur 1 kg et deux éponges métalliques.

* Superfuel sans émission de fumée.

Équipement de communication
Nous serons joignables en permanence grâce à un téléphone de campagne, 20 m de câble téléphonique* et deux téléphones GSM dotés de leurs chargeurs.

* La quantité indiquée n'inclut pas la longueur du tunnel de départ.

Pharmacie

> Le 10/03/06 11:03, « Emmanuelle BODEVIN »
> <emmanuelle.bodevin@wanadoo.fr> a écrit :
>
>
> 1- Les petits bobos:
> ampoules: pansement dits de 2nde peau.
> plaies non hémorragiques: nettoyer bétadine
> dermique (, rincÈr sérum phy, sécher, pansement
> compresses sèches, hypafixe.
> saignements de nez: le mieux... qques tampons
> (les mini).
> petits corps étrangers dans les chairs (échardes
> par exemples): pince simple (peut être une pince à
> épiler).
> petits corps étrangers dans les yeux (même si
> vous avez prévu des lunettes): Dacryosérum pour
> lavage oculaire.
>
> 2- Les GROS.
> pour ceux-là je ne pense pas que vous allez jouer
> au SAMU,
> j'espère pour vous que rien n'arrivera mais mieux
> vaut...
> plaies profondes et ou hémorragiques: de quoi
> faire un pansement compressif (gros tampon de
> compresses ou acheter un "pansement compressif"),
> et bien appuyer sans discontinuer en attendant les
> secours, couverture de survie. Si a tout hasard tu
> poses un garrot noter l'heure de la pose sur le front
> de la personne. Surveiller le pouls.
> fractures: une paire de ciseaux pour découper les

> vêtements et des antalgiques! faire attelle avec les
> moyens du bord. Surveiller le pouls.
>
> donc en conclusion, en plus du gain de place et en
> supposant que vous êtes en bonne santé.
> (et ne sachant pas combien de temps dure l'aven
> ture sous terre).
>
> -une paire de ciseaux
> -une pince simple
> -bétadine jaune (ne pas être allergique à l'iode) en
> dosettes.
> -sérum physiologique en dosettes
> -dacryosérum en dosettes
> -du paracétamol (dafalgan ou autre), pas d'aspirine
> car fluidifiant sanguin.
> -des compresses(10x10 cm)
> -un rouleau d'hypafixe ou autre marque en 3 cm de
> large (pour fixer pansement)
> -un pansement compressif.(si vous en aviez besoin
> d'un 2ème, c'est signe qu'il vaut mieux sortir...)
> -une couverture de survie
> -des minis tampons
> -pansement seconde peau (hydrocoloÓdes).
> -une à deux paires de gants jetables.
>
> Bon courage et a bientot
>
> Emmanuelle
>
>

Matériel vidéo et photo

Puisqu'il ne sera possible pour personne d'assister à la progression, nous serons munis d'une caméra mini-DV DCR HC 90 dotée de trois batteries NP-FA 70, d'un câble de chargement et de dix cassettes mini-DV.

Pour pallier une éventuelle panne, elle sera accompagnée d'une caméra de secours complète.

Les photos seront prises avec un appareil numérique QV-R 40 doté de huit piles rechargeables AA/2500MAH, d'un chargeur et de deux cartes mémoire de 128 MB.

L'ensemble sera accompagné par un mini trépied, un pinceau de nettoyage, un chiffon doux, deux appareils jetables de secours HD avec flash et une boîte de rangement étanche contenant deux sacs de Silicagel.

Vêtements, protections

Durant le trajet, nous emporterons deux casques Rock rouges avec serre nuques, jugulaires et fixations pour les lampes frontales, deux salopettes jaunes en polyamide Meander, deux kits d'entretien polyamide, deux paires de coudières et genouillères Warmbac, deux paires de gants de manutention, deux paires de chaussures de haute montagne Garmont, vingt paires de chaussettes, dix tee-shirt manches longues, dix caleçons longs, deux paires de lunettes de protection, deux détecteurs à fixer sur les casques et deux mini niveaux à bulle phosphorescents. Les sous-vêtements seront rangés dans dix pochettes étanches de 5 l.

Couchage

Pour dormir, nous aurons besoin de deux sacs de couchages en duvet ainsi que de deux vestes polaires et deux matelas de mousse 25 mm.

Les effets personnels seront repartis dans deux pochettes étanches de 5 l. Le tout sera rangé avec les vêtements dans deux sacs marins étanches de 40 l.

Hygiène

Pour le confort quotidien, il ne faudra surtout pas oublier de prendre quatre-vingts pochettes de papier toilette de poche, quatre-vingts sacs en papier kraft, deux bouteilles Nalgène 1 l, deux mini trousses de toilette, quatre-vingts lingettes.

JOURNAL DE PIERRETTE

Le 31 décembre 2005, Pierrette, du haut de ses quatre-vingt-six ans se prépare à passer le réveillon tranquillement chez elle. En revenant de faire ses courses, elle emprunte un ascenseur qu'elle a fait installer à son domicile afin de gagner le premier étage. Celui-ci se bloque, mais grâce à un calme hors du commun, elle saura se créer un quotidien et prendra des notes pendant toute sa claustration.

Ces notes, griffonnées sur des petits bouts de papier exhumés de son sac à main, constituent le journal de bord qui suit...

Samedi 31 décembre 12h30

Cher...

Je t'écris sur mes genoux, bloquée dans mon ascenseur... Normalement, s'il y avait une panne... Par moi... Syncope... Ou... ?? Mon pouce lâcherait le bouton de contact et l'ascenseur après une ou deux minutes redescendrait au rez-de-chaussée où la porte serait ouverte.

À l'instant, rentrant de faire mes achats, je prends l'ascenseur avec ma poussette... J'appuie sur le premier... Et au premier... Je ne peux pas ouvrir la porte !

Et la sonnerie d'alarme retentit... Sans s'arrêter... Appuyer sur le bouton "arrêt" ne donne rien... Et l'ascenseur ne veut pas non plus redescendre au rez-de-chaussée.

Je t'écris vraiment l'instant présent... Le vrai vécu... Pas marrant...

L'alarme ininterrompue s'échauffe, peut-être car une certaine odeur arrive.

J'ai essayé de casser la petite vitre (dix centimètres par soixante environ) qui est sur la porte. C'est du solide. Je prends une bouteille de vin et tape de toutes mes forces avec le cul de la bouteille... Long... Fatigant... Quinze à vingt minutes après, enfin une petite fêlure... Alors, j'ai mis le paquet... Ça y est ! J'ignorais d'où venait cette odeur, j'ai eu la trouille...

J'ai extirpé de ma poussette une plaque de chocolat noir et une boîte de marrons glacés... Pas de stress... Surtout... Pour cela, faire remonter ma sérotonine... Il faut du sucre... Si je dois rester ici un, deux... trois jours, il vaut mieux que je sois calme, très calme !

Un 31 décembre, personne ne viendra... Peut-être demain... Pas sûr...

Mardi matin ou après-midi, j'attends une visite, deux même...

Et je n'ai pas de téléphone portable !

J'attaque le chocolat.

Il est 16 h 00 maintenant
La postière ne viendra plus non plus… Coton hydrophile dans la poussette… Dans mes oreilles… Cette alarme en continu est fatigante… Toujours dans ma poussette, j'y prends tous les sacs plastiques pour essayer d'en faire… un pot de chambre !!! Et dans une heure… une demi-heure… je vais me trouver devant une drôle de gymnastique ! Toujours dans la poussette, seize rouleaux de papier toilette…
Tu vois, t'écrire me fait passer le temps… Il faut que je m'organise… J'ai du pain, deux bananes, du raisin… Ah non ! pas touche, trop diurétique… Ce soir, j'essaierai de m'asseoir par terre et de dormir… Le temps passerait…
Jeannette est chez Michel et Jeannine à Paris… Ils vont me téléphoner demain et s'inquiéteront peut-être de mon absence de réponse… Peut-être… Ils téléphoneraient alors à Dany… Pour l'instant, c'est mon seul espoir…
Une chance, je ne panique pas… Peut-être que la sérotonine a bien empêché le possible stress… Ou les marrons glacés… qui commencent à m'écœurer ! Ils sont infects !
Je commence à ne plus avoir très chaud. Et même pas un livre dans mon sac… Le temps va être long… Je ne sais plus quoi dire… C'est affolant et pourtant, je ne suis pas affolée…

Je retourne à parfaire le renfort de mon pot de chambre, car… ça se précise… !
Une chose est faite !… Ai pissé autant à côté que dans le pot de chambre… En tout cas, il ne fuit pas… pour l'instant… C'est moi qui ai mal visé… Avec mes genoux raides et l'étroitesse de la cabine, pas facile… Je viens de passer une bonne heure à éponger… Heureusement qu'il y avait du papier toilette !!
L'alarme commence à se fatiguer… Peut-être que si elle s'arrêtait complètement, l'ascenseur redescendrait normalement et que la porte serait ouverte, en bas…

Il est maintenant 17 h 30
J'ai déjà mangé la moitié de la plaque de chocolat… Il faut, en plus, absolument que je me constipe pour demain matin… Mais c'est que je ne suis jamais CONSTIPÉE !!! Pour la suite… Bien viser. Excuse ces réflexions mais présentement, je manque de conversation…
Ils préparent tous leurs gueuletons… Et moi qui ai acheté des huîtres… Les ouvrir… avec un petit canif que j'ai toujours dans mon sac… Non, je vais en profiter pour jeûner.
Essayer de dormir ? Peut-être pas… Plutôt essayer de me fatiguer pour être épuisée cette nuit… Et dormir…

19 h 30
L'alarme… Je n'en puis plus ! Elle n'arrête

pas… Je vais essayer de dormir… Assise par terre, la tête appuyée sur un paquet… Hors poussette… Mou… Mou ? Ah oui, un kilo de raisin… Bon… Souple, pour l'instant… J'ai essayé de dormir… Impossible… Trop mal aux fesses… Mais pas bougé depuis deux heures…
Ah non !!! pas encore !!!… Vite, se relever, tout engourdie d'avoir été coincée en V. J'essaie de me relever sans pouvoir me servir de mes genoux ni de mes poignets… Ah ! l'arthrose… Finalement debout… Mais trop tard… Je pisse à côté du pot de chambre ! Re-essuyage… Tout mon papier toilette va y passer… Ça y est, le ménage est fait mais, fini ! Je ne m'assiérais plus sur le sol… Je dormirai debout, enfin les fesses… Sur le bord… Sur la poussette, les pieds calés contre la paroi de l'ascenseur… Tu vois ?
J'ai probablement l'air d'en rajouter… C'est bien possible… À mon insu… Pourtant, coucher sur le papier tout ce qui me passe par la tête doit créer une sorte de défoulement… En tout cas, doit dégager les "encombrements"… Il vaut mieux faire de la place pour ce qui va suivre et tourner en dérision ce qui m'arrive… Et ce qui pourrait suivre… Non, il vaut mieux essayer d'en rire, même si c'est jaune…

20 h 00 bientôt
Si seulement j'avais un livre ! La plaque de chocolat se termine, les marrons glacés infects aussi… Je vais payer plus tard ma remontée de sérotonine. En tout cas, pas une seconde de stress, mais je commence à avoir froid… Je vais essayer quand même de m'asseoir par terre… Et, la tête contre le kilo de raisin, je vais essayer de dormir… Vivement l'année 2006.

Minuit
Mal aux fesses… Pas dormi…
Et cette sonnerie d'alarme qui me laboure les oreilles… J'ai mis du papier toilette dans les oreilles… Le coton n'est pas efficace… Mais ça traverse… Une alarme… c'est fait pour alarmer…

Dimanche 1ᵉʳ janvier, 2 h 20 du matin
Plus de chocolat…
Sérotonine à sa place… Calme, calme, calme… Mais le supplice chinois continue… Cette alarme !! J'essaie tous les trucs… Pour la "regarder"… La "relativiser"… "L'accepter"… C'est là-dessus que je dois travailler… L'accepter… Pas facile… Mais essayer… Faut bien !!

3 h 30
Dans six heures… Peut-être que le téléphone va commencer à sonner.
Oh ! Je dois recommencer à me préparer à l'épreuve pipi… Mais d'où sort-il ?… Je n'ai rien bu depuis samedi matin… Vers neuf heures… Allez… Debout… Quatre

heures dix… J'ai réussi… À temps… Rien au sol ! C'est fou comme les plaisirs peuvent être tout petits… Pas de sol à nettoyer… C'est du bonheur !
Tu n'aimais pas que je dise ça mais pourtant, en ce moment, j'ai de la chance d'être optimiste… Ça aide…
N'ayant normalement qu'un litre et demi d'eau dans le sang… Paraît-il… Il vaudrait mieux que j'aie une visite aujourd'hui…
L'éclairage de l'ascenseur est bloqué, comme l'alarme, ce qui me permet de distinguer l'intérieur de mon séjour et, depuis hier, je cherchais à voir ma chatte à sa place sur le relax… L'alarme a dû la faire partir. Mais si, elle est là, je viens de voir briller ses yeux <u>tendus</u> vers ce trou d'ascenseur où elle m'entend bouger… Ah ! Ça fait du bien… Je lui ai parlé… Attends… Attends mon petit… Elle sait que, après "attends", il y a toujours quelque chose de bon… Soit manger… Soit être sur moi, sur le relax… Donc, ma petite compagne est rassurée, puisqu'elle est sortie de sous la chaise et reprend sa place sur le relax… Cette alarme qui commence à me rendre dingue ne l'a pas fait fuir…
J'ai l'habitude de "m'éplucher"… "M'ausculter"… psychologiquement… Comprendre les situations pour mieux les appréhender… Et force m'est de constater que, égoïstement, je me sers de toi…
Sans le vouloir, bien sûr, pour évacuer les tensions… Tu es mon exutoire ! Quand j'écris, le temps passe…

4 h 40
Je vais essayer de faire un peu de gym pour la dérouille… Et dormir… Je crois qu'il ne faut pas y compter. Faire zazen… Je l'ai toujours pratiqué dans le silence, le plus grand silence… Plus rien à dire !!!
Alors attendre… Parler à ma chatte, à mon petit… C'est ainsi qu'elle s'appelle… Mon tout petit… J'ai été absente un mois pour ma prothèse au genou… La voisine lui apportait à manger tous les jours… À mon retour, elle ne me quittait pas d'une semelle, elle me suivait même aux toilettes… Sur mes genoux… Pratique !!! Un jour, rentrée extrêmement tard, elle était dehors, devant la porte de la maison, sous la pluie battante, trempée comme une soupe… Alors qu'elle peut rester au chaud, à l'intérieur… Elle a la chatière…
Ça me fait du bien de parler d'elle… Si je tombe, si je me blesse, elle vient se coucher sur ma plaie… Elle est tellement "humaine" que c'est moi qui deviens "chat"… Nous nous parlons, mais nous comprenons…
Faut quand même que j'en supprime… Je ne vais pas t'envoyer tout ce bla-bla… À moins que tu n'aie envie d'étudier où commence un cerveau qui va dérailler.

5 h 00
Peut-être le téléphone sonnera-t-il dans... quatre heures ? cinq heures ?... ???...

7 h 30
Les gens font la grasse matinée...

8 h 00
L'alarme flanche... Ouf ! Elle ne sonne plus en continu... Peut-être qu'elle fonctionne sur pile et que celle-ci commence à s'épuiser...

9 h 30
Non, elle ne s'est pas arrêtée, mais elle est repartie de plus belle... La trêve à été courte... Elle a dû se recharger... C'est un phénix !!!

9 h 45
Je viens de prendre conscience du danger qu'il y a à espérer un coup de fil ou une visite... Je suis peut-être ici pour une journée encore ou deux, ou... Les gens ont ripaillé... Ils se reposent...
J'attends des appels de Michel, Janine, Jeannette... Mais ne répondant pas au téléphone, ils me croiront partie, invitée... Donc... Ne rappelleraient pas avant ce soir... En étant optimiste... Le téléphone <u>muet</u> évidemment, les mettrait en alerte... Ils appelleraient Dany...
Ce n'est pas du pessimisme tout ça, c'est la réalité... Quoique pas la réalité non plus... C'est du POSSIBLE... Oui du possible... Rien de plus... N'ajoutons rien... Alors, vaut mieux se préparer au pire... Comment ne pas faire fuir mon énergie... ???
L'alarme est toujours en action. C'est infernal ! Je n'arrive pas à faire zazen, bien sûr, ni à dormir...
J'ai très froid... La pièce du rez-de-chaussée, en travaux, n'est pas chauffée et le froid remonte le long du trajet ascenseur... C'est une glacière, je caille !

10 h 00
Sur le bout des fesses sur ma poussette, ou assise au sol en V j'ai très mal... Les escarres doivent se mettre en marche. Je ne suis bien que debout... C'est quand même long !

10 h 15
Je viens de consigner les faits succinctement sur une feuille de papier sans commentaires, les ai posés par terre... Ce qui est arrivé... Où sont... Mes papiers à l'intérieur... Etc. Parce que je me rends compte que tout étant possible... Eh bien... Tout peut arriver... Autant clarifier la situation... Ça va, ça va... Je ne broie pas du noir... Mais dans la vie... il faut savoir être efficace... en toutes circonstances. Pas marrant ?... Tout dépend comment on le prend... Et l'humour.
Je n'ai plus de papier. J'utilise maintenant

tout… Même le verso des rib de mon chéquier…

Midi
Pas d'appel… J'ai des inquiétudes… Le chocolat ne serait pas aussi constipant que je l'aurai souhaité… Se préparer à un autre pire.

14 h 30
Le téléphone vient de sonner <u>longuement</u> donc c'est la famille qui sait que certains jours, mes genoux trop raides ne me permettent pas d'aller vite au téléphone.

10 minutes après
Re-téléphone

10 minutes après
Re-téléphone. Ils vont me croire sortie… Et rappelleront… Ce soir… Au mieux !! Le "pire" est arrivé !!! Je ne m'étends pas… Faut garder la classe.

17 h 30
Re-téléphone…
Y a de l'inquiétude dans l'air…

18 h 15
Les appels de quatorze heure trente et plus vont peut-être rappeler… Les "sans réponses" appelleraient Dany… Je me rends compte que je me répète…
Je vais peut-être manger une banane ce soir, rien d'autre… Je ne veux pas alimenter les "évacuateurs" !!! Je constate que je suis quand même solide… Je ne panique pas… Je patiente…
Mais que j'ai mal aux fesses !!! À l'idée de passer encore toute une nuit ainsi… Ce n'est pas réjouissant…
Je me lève, m'assoie… Si l'on peut dire… Sur la poussette… Par terre… Le raisin ne peut plus soutenir ma tête… Il a abandonné !
Je ne vois plus la chatte, elle n'a pas mangé hier à midi, ni le soir, ni ce matin, ni à midi… Elle a dû partir chasser.
Et cette alarme !! Je crois bien que ça pourrait amener à la folie…

20 h 40
Boum ! Un choc contre la porte et ma chatte qui apparaît dans le petit espace de la vitre cassée… Je lui explique que je ne peux pas sortir et lui dis "Attends… Attends…" Ces mots apaisants… Elle était coincée, ne pouvait bouger… Je l'extirpe et la remets dans le bon sens pour qu'elle saute au sol… Elle a sûrement trouvé une nourriture et me sachant <u>là et pas envolée</u>, elle va s'installer sur le relax, rassurée… Et ses yeux phosphorescents sont pointés sur le trou de cette cabine d'où nous nous regardons…

21 h 00
Pas d'appel, je vais manger les trois mar-

rons glacés restants... Au cas où la sérotonine voudrait baisser...

23 h 00
Cette alarme !! Mes fesses !! Ne pas dormir et pourtant avoir sommeil... Et le mal aux reins qui arrive... Mais je l'avais prévu, je peux donc relativiser... Enfin... Pour l'instant ! RIEN !!! La vessie est vide... Le danger... C'est l'azote... Heureusement, j'ai les reins très solides. Je n'ai jamais eu le moindre problème à ce sujet... Peut-être que cela les rendra forts pour résister aux chocs... Et les gens qui ne veulent pas comprendre qu'il faut boire un litre et demi d'eau par jour !!

3 h du matin, lundi
Toujours pas réussi à dormir... C'est extrêmement dur... Depuis la nuit de vendredi à samedi... Je suis fatiguée quand même.

5 h 00
Un appel pipi... Très flageolante... Beaucoup de difficultés à m'installer... Pour la valeur d'un verre à liqueur !!! L'alarme semble... enfin... vouloir rendre l'âme... Non, elle s'est rechargée... Elle n'est plus stridente mais lancinante.

10 h 00
Personne ne se pointe... Très mal aux fesses. Je les déplace toutes les dix minutes pour éviter les escarres... Décidément, je ne parle que de mes fesses... C'est que, elles seules se manifestent à moi pour l'instant.

12 h 00
Le téléphone sonne avec insistance... Y a de l'espoir... J'attends, j'attends...
Enfin de l'aventure, Madeleine arrive ! Et la gendarmerie... Et les pompiers...!!
Plus la force d'écrire quoi que ce soit... D'ailleurs, pas la peine.
Et même si Madeleine n'était pas arrivée... Je n'ai plus de papier... J'ai utilisé tous les rib de mon chéquier.

ITIONTOTAL SYMBIOSE

By Abraham Poincheval and Laurent Tixador, September 2001
One week on Frioul island (Marseille) living like préhistoric men
Performance and movie (18' 30")
With the support of 40mètrescube (Rennes) and Astérides (Marseille)

L'INCONNU DES GRANDS HORIZONS

By Abraham Poincheval and Laurent Tixador, October to December 2002
A two months walk in straight line from Nantes to Caen and from Caen to Metz
Performance and movie (24' 30")
With the support of 40mètrescube (Rennes), FRAC Basse Normandie (Caen) and École des Beaux Arts de Metz

PLUS LOINS DERRIÈRE L'HORIZON

By Abraham Poincheval and Laurent Tixador, May to June 2004
Voyage by Zodiac with oar from Saint-Nazaire to Fiac (Tarn) by ocean and rivers
Performance and movie (22' 30")
With the support of AFIAC 2005 (Fiac), Centre d'art Cimaise et portique (Albi) and Le Grand Café (Saint-Nazaire)

KILLINGUSAP AVATAANI

By Laurent Tixador, June 2004
Use of a motorized iceberg at Illulissat, Disco Bay, Greenland
Performance and movie (9' 30")
With the support of Artconnexion (Lille) and AFAA "programme à la carte"

NORTH POLE

By Laurent Tixador, April 2005
First artist to reach the geographic North Pole
Performance and movie (4' 30")
With the support of Centre national des arts plastiques (CNAP), Artconnexion (Lille) and Centre d'art d'Hérouville-Saint-Clair (WHARF)

TOTAL SYMBIOSE 2

By Abraham Poincheval and Laurent Tixador, June 2005
The construction of and living in an igloo village for one month in the center of a pasture in Dordogne
Performance and movie (25')
With the support of « Résidences de l'Art en Dordogne » / ADDC and Centre Culturel de Terrasson

TOTAL SYMBIOSE 3

By Abraham Poincheval and Laurent Tixador, September 2006
Living for ten days on a "mountain altitude camp" on the top of the *Seacloud Hotel* building in Busan (Korea)
Performance and movie (18')
With the support of Busan Biennale 2006

Photographie de 4ᵉ de couverture : Réunion du Club des Aventuriers. à l'occasion de l'exposition *From Home*, Galerie Commune, ERSEP Tourcoing, janvier 2004. Avec Neal Beggs, David Michael Clarke, Jean-Max Colard, Patrice Joly, Abraham Poincheval et Laurent Tixador).

Achevé d'imprimer en octobre 2006
sur les presses de l'imprimerie IGO, Le Poiré-sur-Vie